KB142431

수상한 중학생들의

착한 연대

수상한 중학생들의 착한 연대

청소년 성장소설 십대들의 힐링캠프, 인권(인권위원회)

[십대들의 힐링캠프®] 시리즈 NO.29

지은이 | 박기복
발행인 | 김경아

2021년 3월 20일 1판 1쇄 인쇄
2021년 3월 27일 1판 1쇄 발행

이 책을 만든 사람들
책임 기획 | 김경아
기획 | 김효정
북 디자인 | KHJ북디자인
표지 삽화 | 발라
교정 교열 | 좋은글
경영 지원 | 홍종남

이 책을 함께 만든 사람들
종이 | 제이피씨 정동수 · 정충엽
제작 및 인쇄 | 천일문화사 유재상
베타테스터 | 최윤찬, 홍민조

청소년 기획위원
정가인, 양태훈, 양재욱

펴낸곳 | 행복한나무
출판등록 | 2007년 3월 7일. 제 2007-5호
주소 | 경기도 남양주시 도농로 34, 부영e그린타운 301동 301호(다산동)
전화 | 02) 322-3856 팩스 | 02) 322-3857
홈페이지 | www.ihappytree.com
도서 문의(출판사 e-mail) | e21chope@daum.net
내용 문의(지은이 e-mail) | yesreading@gmail.com
※ 이 책을 읽다가 궁금한 점이 있을 때는 지은이 e-mail을 이용해 주세요.

ⓒ 박기복, 2021
ISBN 979-11-88758-30-2
"행복한나무" 도서번호 : 131

※ [십대들의 힐링캠프®] 시리즈는 "행복한나무" 출판사의 청소년 브랜드입니다.
※ 이 책은 신저작권법에 의거해 한국 내에서 보호를 받는 저작물이므로 무단 전재 및 복제를 금합니다.

수상한 중학생들의

착한 연대

| 박기복 지음 |

차례

| 에필로그 |

등장인물 소개

박채원 _ 소설 서술자. 담임 선생님 부탁을 받고 어려움에 빠진 서은지를 돕는다.

서은지 _ 전학생. 처음에는 빼어난 외모로 관심을 독차지하지만 차가운 인성 때문에 고립된다.

정지환 _ 전교학생회장. 리더십이 뛰어나고 학생회에서 다양한 사업을 벌인다.

이예나 _ 3반 3반 학급회장. 박채원과 친구 사이로 인간관계가 넓고 의리가 있다.

이창훈 _ 박채원 짝꿍. 박채원과 허물없이 친하게 지내며 교실 소식통이다.

안재성 _ 서은지 짝꿍. 최미경 선생님을 존경하며 서은지를 매우 싫어한다.

이하영 _ 자존심 센 여학생. 서은지와 여러 번 충돌한다.

전희경 _ 박채원과 초등학교 친구. 처음에는 가깝게 지냈지만 선물 때문에 멀어진다.

조정식 _ 3학년 1반 담임 선생님. 도덕을 가르치는 선생님으로 서은지를 도우려고 애쓴다.

최미경 _ 사회 선생님. 학생 위주 수업을 하고 학생들과 허물없이 가깝게 지낸다.

참고 : 이 소설은 〈10대들의 힐링캠프 : 청소년 인권소설 시리즈〉 1, 2, 3편과 배경 설정이 동일합니다. 특히 3편 『수상한 휴대폰, 학생자치법정에 서다』에 등장하는 인물이 자주 등장합니다.

●

연민은 종종
우리의 무능력함뿐만 아니라
우리의 무고함까지도 증명해 주는
알리바이가 되어 버린다.

『타인의 고통』_수전 손택

그것은 착한 일이었을까?

모든 이야기에는 처음이 있다. 이 이야기도 어느 날 처음 일어났다. 우리는 처음을 특별하게 여기지만, 정작 이야기가 처음 싹을 틔운 그 순간에는 제대로 알아차리지 못하고 무심코 넘어가는 경우가 많다. 이 이야기도 일어난 그때에는 조금 인상 깊기는 했지만, 시간이 지나며 기억 속에서 자취를 감추었을 만큼 내 삶에 별다른 영향을 주지는 않았다. 터놓고 말해서 내가 지금부터 말하고자 하는 처음도 진짜 처음이라기보다는 내가 처음이라고 믿는 사건일 가능성이 높다. 모든 이야기가 그러하듯이.

처음은 피자였다. 피자가 이 이야기를 만든 처음이었다. 그 당시 큰 재해가 일어났는데 홍수였는지, 가뭄이었는지, 큰 사고였는지는 기억이 잘 안 난다. 아무튼 유명한 연예인들이 줄줄이 기부를 한다는 뉴스를 많이 접했고, 학교에서도 기부금을 모으는 운동이 벌어졌다. 선생님들은 초등학생인 우리들에게 기부가 왜 중요하고, 나눔이 얼마나 가치가 있는지를 거듭 강조했지만 기부 실적은 신통치 않았다. 푼돈이라도 생기면 과자 하나라도 더 사 먹고 싶었기 때문에 나는 기부금을 한 푼도 내지 않았다.

그러던 어느 날 갑자기 기부 열풍이 엄청나게 불었다. 아무리 기부에 담긴 의미를 강조해도 꿈쩍도 않던 애들이, 교장 선생님이 각 학년에서 기부를 가장 많이 한 반에 피자를 쏘겠다고 약속하자 미친 듯이 기부 행렬에 동참했다. 나는 있는 돈 없는 돈을 박박 긁어모았다. 책상 서랍 구석에 나도 모르게 박혀서 오랫동안 잠들었던 10원짜리 동전까지 찾아냈다. 기부금이 모이면 그날그날 현황판에 반별로 실적이 공개됐다. 처음에는 다들 비슷비슷했으나 날이 갈수록 우리 반이 앞섰고, 바로 옆 반과 선두 자리를 두고 치열하게 경쟁했다.

일단 뒤처진 반은 더는 경쟁에 참여하지 않아 기부금이 모이지 않았다. 두 반 사이에 벌어진 경쟁은 선생님들 자존심 대결로 이어졌다. 지면 안 된다는 승부욕이 불타올랐다. 그렇지만 마감 하루를 앞두고 우리 반이 조금 뒤처지고 말았다. 이미 모든 능력치를 다 쏟아 냈기에 더 낼 돈이 없었다. 그렇게 안타까운 패배를 눈앞에 둔 마지막 날, 반전이 일어났다. 우리 반 어떤 애가 용돈을 미리 받았다면서 큰돈을 냈고, 그 덕분에 500원 차이로 우리가 1등을 차지하게 된 것이다.

우리 반은 모두 열광했다. 마지막에 큰돈을 낸 애는 우리 반에서 영웅이 되었다. 초등학교 6년, 중학교 3년을 지내는 동안 그날처럼 반 전체가 하나가 되어 기뻐했던 경험은 결코 없었다. 담임 선생님은 승리를 자랑스러워하며 엄청 칭찬해 주셨고, 교장 선생님이 준 피자 외에도 치킨과 음료수까지 사 주었다. 어려움에 빠진 이웃을 위해 기부도 하고, 옆 반과 경쟁에서 승리도 하고, 맛있는 피자와 치킨도 먹고, 반 애들과 단결력도 다진 멋진 경험이었다. 그때 선생님은 '꿩 먹고 알 먹고', '도랑 치고 가재 잡고'란 속담을 알려 주며, 기부는 남과 나를 모두 기쁘게 한다는 가르침을 주기도 했다.

열풍이 지나가자 그날 맛보았던 기쁨은 급격히 사그라졌지만, 어쩌다 그때를 떠올리면 저절로 웃음이 지어지는 좋은 기억이었다. 은지에게 강한 충격을 받기 전까지는.

은지로 인해 내 기억은 그날로 돌아갔고, 그 전까지 생각지도 않았던 의문이 싹텄다. 그때 우리 반이 한 기부는 착한 일이었을까? 선생님 가르침처럼 남도 좋고 나도 좋은 선한 실천이었을까?

내 앙갚음은 정당했을까?

피자가 처음이라면 둘째는 전희경이었다. 희경이는 초등학교 4학년부터 가깝게 지낸 친구였다. 같은 반이 되면서 가까워졌는데 취미와 관심사가 비슷해서 나와 잘 맞았다. 희경이와 지내다 보면 마치 거울을 바라보는 기분에 빠지기도 했다. 쌍둥이가 아닌 이상 자기 분신을 마주할 일이 없는데, 내 분신 같은 희경이를 보며 나는 나를 더 잘 알게 되었다. 그때는 참 고마운 친구였다. 딱 하나만 빼고.

내 생일은 2월 4일인데 희경이 생일은 나와 날짜는 똑같고 달만 한 달 앞선 1월 4일이다. 친한 친구 생일이기에 나는 용돈을 탈탈 털고 설날에 받을 세뱃돈까지 미리 받아 선물을 준비했다. 정성까지 가득 담은 선물이었다. 생일잔치는 즐거웠으며, 희경이는 무척 행복해했다.

나도 뿌듯했다. 그리고 2월 4일 내 생일, 나는 희경이를 비롯해 몇몇 친구들을 초대했다. 가장 친한 친구와 함께 하는 첫 생일이라 무척 설렜다. 생일잔치를 하면서 일부러 선물을 열어보지 않았다. 희경이가 준비한 선물을 혼자서 확인해 보고 싶었기에 친구들이 선물상자를 열어 보라고 독촉해도 끝까지 버텼다. 잔치가 끝나고 인증사진을 찍어서 친구들에게 고마움을 전했다.

다른 친구들 선물을 다 확인한 뒤 마지막으로 희경이 선물을 열었다. 나는 내 눈을 의심했다. 잘못 연 줄 알았다. 희경이가 준 선물은 소박하다는 말로는 모자랐다. 한마디로 성의가 없었다. 내가 준 선물과는 견줄 수조차 없었다. 다른 친구들이 준 가장 허접한 선물보다 못했다. 희경이네 집이 돈이 없거나 가난하지도 않았다. 용돈도 꽤 받는다. 더구나 설날이 얼마 남지 않았기에 내심 나는 기대하고 있었다. 내가 보인 성의 정도는 기대해도 되었으니까. 축하한다는 손 편지 하나도 없는 선물은 희경이가 나를 절친으로 여기는지 의심하게 만들었다.

생일 선물에 크게 실망했지만 5학년이 되어서도 나는 희경이와 친하게 지냈다. 서운함을 금방 잊을 만큼 평소에는 좋은 친구였고, 어쩌면 내가 아직은 마음에 얼룩이 덜 묻은 때였는지도 모르겠다. 일 년 뒤 다시 생일이 왔다. 5학년 생일에도 나는 작년 못지않게 성심성의껏 선물을 준비했다. 우리 추억이 가득 담긴 사진들을 모아서 작은 책도 만들어 주었다. 내가 할 수 있는 최대한 큰 선물이었다. 물론, 희경이는 무척 기뻐했다. 선물을 받은 뒤 SNS나 단체대화방에 몇 번씩 자랑까지 했다. 그러나 내 생일이 되자 희경이는 또다시 허접한 선물을 성의 없이 주었다. 나는 무척 속상하고 억울했다. 그러나 겉으로 드러내지는 않았다.

6학년이 되어서도 희경이와 가깝게 지내기는 했지만 그전처럼 친하게 지내지 못했다. 하는 행동이나 말이 곱게 보이지도 않았다. 희경이는 내 칭찬을 자주 했는데, 칭찬을 들어도 기쁘지 않았다. 어느 날 희경이가 칭찬해 주고는 "기분 좋지? 내가 기분 좋게 해 주었으니까, 떡볶이 사 줘." 하는데 기분이 정말 나빴다. 놀부 심보 같았다. 이제껏 내게 한 칭찬도 자기에게 유리한 걸 얻어 내기 위한 떡밥이라는 의심마저 들었다. 그러고 보니 희경이는 내게 뭘 사 준 적이 거의 없었다. 내가 늘 사 주는 쪽이었다. 그전에는 그걸 전혀 인식하지 못했는데 서운한 감정이 강해지니 기울어진 관계가 자꾸 거슬렸다.

그해 5월에 희경이가 먼 곳으로 전학을 갔다. 희경이는 나와 헤어지며 몹시 아쉬워했는데, 터놓고 말해서 나는 그리 아쉽지 않았고, 도리어 꽉 막힌 하수구가 뚫린 듯한 상쾌함마저 느꼈다. 겉으로는 다시 꼭 보자고, 우리 우정 변치 말자고 수없이 약속했지만 진심이 담기지 않은 빈말이었다.

여름방학이 되고 희경이가 오랜만에 다시 찾아왔다. 오전부터 밖에서 만나 놀았는데, 점심시간이 다가오자 희경이는 배가 고프다고 연신 투덜댔다. 나도 무척 배가 고팠지만 끝까지 모른 척했다. 큰 문방구 백화점에 들어가서 희경이가 예쁜 화장품을 만지며 사 달라는 눈치를 계속 주었지만 끝까지 못 알아듣는 척했다. 오후 5시까지 놀다가 희경이는 떠났고, 나는 끝까지 밥을 같이 먹지 않았다. 밥을 먹으면 또다시 내가 돈을 낼 게 뻔했기 때문이다. 희경이를 보내고 집에 오자마자 미친 듯이 주린 배를 채웠다. 내가 그 정도로 배가 고팠으니 멀리서 온 희경이는 더욱 배가 고팠겠지만, 전혀 미안하지 않았다. 도리어 내 소중한 돈을 아껴서 기뻤고, 제대로 복수를 했다는 생각에 통쾌하기만 했다.

그 뒤로 희경이와 연락이 점점 뜸해졌고 만나지도 않았다. 영원히 함께하자던 우정은 봄날 이슬처럼 사라졌다. 나는 사라진 우정이 조금도 아쉽지 않았고, 생일 때만 되면 희경이에게 느꼈던 서운함이 떠올라 괜히 입술을 깨물기도 했다. 서운함이 클수록 마지막 만남에서 한 방 먹였던 앙갚음은 통쾌하기만 했다. 은지에게 강한 충격을 받기 전까지는.

은지로 인해 나는 희경이를 향한 내 서운함이 정당한 감정이었는지 확신하지 못하게 됐다. 그 당시에는 통쾌하기만 했던 복수가 우정을 저버린 부당한 행동처럼 느껴져 혼란스러웠다. 과연 희경이와 내가 나누었던 우정에 금이 간 책임이 희경이에게만 있을까? 내 서운함과 앙갚음은 정당했을까?

봄인데 봄이 아니다

옹기종기 모인 키 작은 나무에서 꽃이 활짝 피었다. 아침부터 활짝 핀 꽃을 보니 기분이 맑아졌다. 손짓하는 꽃들에 이끌려 발걸음이 느려졌다. 맑은 자주빛과 짙은 분홍빛 사이로 새하얀 꽃봉오리가 흥얼흥얼 춤을 추었다. 자주 꽃잎과 분홍 꽃잎은 생김새가 똑같아서 옷만 다르게 입은 쌍둥이 같았다. 새하얀 꽃잎은 풍성한 꽃잎과 날씬하게 뻗은 꽃술을 뽐내며 이른 아침부터 꿀벌을 부지런하게 만들었다.

봄이었다. 마음에도 봄이 왔다.

"예쁘게 찍어."

나은이었다.

그 앞에는 당연히 남자친구인 수혁이도 있었다.

"아침부터 눈꼴시어서 정말."

예나가 장난스럽게 투덜거렸다.

"부러우면 지는 거야."

내가 피식 웃었다.

"그나저나 참 좋다."

"그러게. 아침햇살이 참 따스하네."

"봄, 봄을 봄!"

온화한 햇살과 고운 향기와 빛나는 꽃잎에 취해 잃어버렸던 소녀 감성이 꽃향기처럼 몽글몽글 피어났다. 봄을 그 자리에 두고 교실로 들어가기 싫었다. 꽃밭 사이에 앉아 몇 시간이고 그대로 머물고 싶었다.

"어쩌겠어. 우리는 꿀을 빨아 먹는 꿀벌이 아니라 시험 점수를 빨아 먹어야만 하는 비참한 학생이잖아."

"싫다, 정말!"

봄을 밖에 두고 들어오니 교실이 유난히 답답했다. 다시 오지 않을 열여섯 살 봄인데, 다시는 누리지 못할 향기요 빛깔이요 햇살인데, 하염없이 그리워만 하며 마치 귀양 가 갇힌 죄수처럼 지내야 하는 내 신세가 문득 서러웠다. 담임 선생님이 조회하러 들어올 때까지 나는 유리창 너머에 넘실거리는 봄을 그리워했다.

숨을 깊이 마셨다. 소녀 감성에 젖으면 학교생활도 공부도 힘들다. 소녀 감성은 시상하부 깊은 금고에 집어넣고 단단하게 열쇠로 잠가야만 했다. 다시 충실한 중학생 역할에 알맞은 두뇌를 준비해야만 했다.

깍지를 끼고 손을 위로 쭉 뻗었다. 굳은 어깨가 펴지며 몸에 조금씩 생기가 돌았다.

조회 시간, 담임 선생님이 전학생과 같이 왔는데 철없는 남자애들이 휘파람을 불고 난리가 났다. 나는 봄이 인간으로 태어난다면 딱 저런 모습이겠다는 생각이 들었다. 유리창 너머에서 아른거리던 봄이 사람 형상을 하고 들어와 교실을 환하게 밝혔다.

짙고 긴 속눈썹을 갖춘 커다란 눈망울은 천사처럼 맑았다. 적당히 넓은 이마에 가지런하고 긴 머릿결은 봄꽃처럼 예뻤다. 코는 오뚝하지만 지나치게 높지 않았고 볼 빛은 화장을 안 했는데도 맑게 빛났다. 도톰하면서도 붉은 빛을 발하는 입술은 위아래가 균형을 이루었고, 살짝 위로 올라간 입 꼬리는 보는 사람을 기분 좋게 만들었다. 동그란 귓불과 자연스레 아래로 이어진 턱 선은 입술과 어우러져 부드러움을 한껏 뽐냈다. 목은 가늘고 흰빛을 머금어서 어떤 목걸이를 해도 어울릴 듯했다. 무엇보다 다리가 길어 보였다. 키는 나보다 살짝 컸지만 긴 다리 때문에 나보다 훨씬 커 보였다. 긴 다리에 잘록한 허리는 늘 내가 꿈꾸던 완벽한 몸이었다. 몸이 예쁘다 보니 우리 학교 여학생들이라면 끔찍하게 싫어하는 구질구질한 교복조차 예쁘게 보였다. 딱 한군데 거슬리는 것은 교복 소매였다. 소매 아래로 검은 테두리가 언뜻 비쳤는데, 손목 보호대 같았다.

친구들끼리 있으면 못생겼다고 서로 까기도 하지만, 예쁘다는 빈말도 종종 한다. 이상한 화장을 해도 어울린다고 말해 주고, 부자연스러운 옷도 괜찮다고 해 준다. 그러나 전학생에게는 빈말이 필요 없었다. 머리부터 발끝까지 흠잡을 데가 없었다. 예쁨이 내가 상상하던 수준을 넘어서니 질투심조차 일지 않았다. 그런데 첫인상과 달리 보면 볼수록 봄과는 어울리지 않는 기운이 풍겼다. 왜 그런 기운을 내가 느꼈는지는 모르겠지만, 봄인데 봄이 아닌 듯했다.

선생님이 서은지라고 이름을 소개했다. 남자애들이 또다시 휘파람을 불었다. 철부지들 같으니라고. 서은지는 선생님 소개를 받고 고개만 까딱했다. 조회 내내 이어지던 소란은 선생님이 조회를 마치고 나가자 더 심해졌다. 모든 눈길이 서은지에게 모아져서 떨어지지 않았다. 교실에 예쁜 연예인이 나타난다면 아마 이런 장면일 듯했다.

보통 1교시는 다들 기운이 없는 편인데, 그날은 교실에 묘한 활력이 돌았다. 단 한 사람이 이처럼 엄청난 기운을 만들어 내다니 놀라웠다. 평소에는 어떡하든 선생님에게 들키지 않고 잠을 자려고 하거나, 딴짓을 하던 남자애들까지 활기차게 수업에 참여했다. 그러면서도 틈만 나면 서은지 쪽을 힐끗힐끗 봤다. 수업을 하는 국어 선생님도 마찬가지였다. 수업을 하면서 자꾸 눈길이 서은지 쪽을 향했다. 여자 선생님인데도 예쁘니 자꾸 눈길이 가는 모양이었다.

한참 동안 작품 설명을 하던 선생님이 한자를 칠판에 크게 썼다.

'春來不似春' (춘래불사춘)

그러고는 한동안 서은지를 바라본 뒤에야 뜻을 풀이해 주었다.

"중국에는 4대 미녀가 있었어."

미녀라는 말에 나도 모르게 또다시 서은지에게 시선이 갔다. 나뿐 아니라 다들 마찬가지였다.

"4대 미녀가 누구냐 하면 서시, 초선, 양귀비, 왕소군이야. 옛날 중국 그림에 등장하는 예쁜 여인은 이 넷 중 한 명이라고 보면 돼. 4대 미녀 중 서시는 경국지색(傾國之色)이라고 하여 왕이 그 미모에 눈이 멀어 나라가 망했다고 할 정도로 예뻤다고 해. 초선은 삼국지에 나오는 미인인데 여포와 동탁을 서로 싸우게 만들 정도로 미인이었지. 양귀비는 들어 봤지? 양귀비도 경국지색이라고 불리는데 현명한 황제였던 현종이 양귀비에 빠져 나라가 위기에 빠질 정도였으니까 어느 정도였는지 짐작하고 남지?"

여느 때 같으면 지루하기 짝이 없는 설명이었을 텐데 다들 귀를 쫑긋하고 들었다.

"다른 미녀들이 나라를 망하게 하거나 서로 싸움을 일으킨 존재였다면, 왕소군은 정반대로 나라를 구했어. 그래서 중국인들은 4대 미녀 중에서 왕소군을 가장 애틋하게 생각한대. 왕소군은 손에 비파를 들었는데, 중국 미인도에서 비파가 보이면 바로 왕소군이라고 생각해도 돼. '춘래불사춘'은 왕소군과 얽힌 일화에서 나온 말이야."

이런 옛날이야기를 그리 좋아하지 않는데 나도 모르게 흠뻑 빠져들었다.

"옛날에 한나라는 북쪽 흉노족 때문에 힘들었어. 흉노족은 한나라 북쪽 초원지대에 살면서 유목을 하던 종족이었는데 싸움을 아주 잘했거든. 그 유명한 만리장성도 흉노족 때문에 쌓은 거야. 아무튼 한나라 황제는 흉노족과 평화롭게 지내기 위해 협정을 맺으면서 그 증거로 자기 후궁 중 한 명을 흉노족 대장에게 보내기로 했어. 물론 예쁜 후궁은 아니고 못생긴 후궁을 보내기로 한 거지. 황제에게는 후궁이 무척 많아서 일일이 보면서 미인과 추녀를 고르기 힘들었어. 그래서 그동안 화공이 그려 놓은 초상화를 보고 가장 안 예쁜 후궁을 골랐고 그때 뽑힌 후궁이 왕소군이야. 왜냐하면 왕소군은 뇌물을 주지 않아서 화공들이 못생기게 그렸고, 뇌물을 준 다른 후궁은 예쁘게 그려 놓았기 때문이야. 황제는 초상화만 보고 왕소군을 골랐는데, 막상 흉노족 대장에게 왕소군을 보내는 날에 보니 이제껏 본 여인 중에 가장 아름답지 않겠어! 황제는 뒤늦게 후회했지만 소용이 없었고, 화가 난 황제는 왕소군을 못생기게 그린 화공을 바로 죽여 버렸어. 황제나 왕소군에게는 안타까운 일이었지만 흉노족 대장은 왕소군 미모를 보고 아주 기뻐했어. 한나라 황제가 이런 절세미인을 자신에게 보내다니, 정말 평화롭게 지내려나 보다 생각하고 더는 침략을 하지 않았다고 해.

중국인들이 왜 4대 미녀 가운데 왕소군을 가장 애틋하게 여기는지 알겠시? 나중에 당나라 때 동방규란 시인이 왕소군을 위한 시를 지었는데 거기에 나오는 말이 바로 '춘래불사춘'이야. 흉노에게 간 왕소군에게는 '봄이 왔지만 봄이 아니로구나!' 하면서 안타까워한 거지."

아마도 우리 반 애들은 춘래불사춘이 무슨 뜻인지 아무도 까먹지 않을 듯했다. 그만큼 다들 집중하면서 들었다.

"이쯤에서 질문, 춘래불사춘에는 어떤 의미가 있을까?"

"예쁜 여자요!"

웃음이 방글방글 터졌다.

"내 이럴 줄 알았어. 너희들이 아는 시 가운데 춘래불사춘에 담긴 뜻을 정말 잘 표현한 시가 있어. 그게 뭘까?"

문득 시 한 편이 떠올랐다.

"빼앗긴 들에도 봄은 오는가, 아닌가요?"

내가 대답했다.

"역시 채원이네! 일제 식민통치 아래에서 우리 조상들은 봄이 왔지만 봄이 아니었어. 일제에 빼앗긴 땅에서도 꽃은 피고 새싹이 자라지만 마음은 봄일 수가 없었던 거야. 그게 바로 춘래불사춘이지!"

나는 서은지에게서 풍기던 기묘한 기운을 떠올렸다.

"선생님은 춘래불사춘에 담긴 뜻이 조금 다르다고 봐. 황제는 가장 아름다운 여인을 알아보지 못했어. 남이 그려 준 그림만 보고 가장 귀한 여인을 가장 천하게 여긴 거야. 우리도 그래. 우리는 자기 곁에 있는 소중한 존재, 귀한 보물을 잘 알아보지 못해. 남들 말이나 평가만 듣고 제대로 몰라보다가 꼭 뒤늦게 후회를 하지. 그런 점에서 봄이 왔지만 봄이 아닌 까닭은 무지함에 있어. 소중함을 알아차리지 못하면 잃어버린 뒤에 봄이 와도 봄이 아닌 끔찍한 비극이 와. 춘래불사춘은 단지 예쁜 여자 이야기가 아니야. 알아들었니?"

쉬는 시간이 되자 애들 입에서 '춘래불사춘'이란 낱말이 수도 없이 돌아다녔다. 수업에서 배운 내용을 이렇게 모든 애들이 복습을 하는 풍경은 무척 낯설었다. 다 서은지 때문이었다. 선생님은 춘래불사춘을 예쁜 여자를 지칭하는 말로만 기억하지 말라고 했지만, 아무래도 그 가르침은 공허한 메아리가 될 듯했다. 나만 해도 춘래불사춘과 서은지가 자연스럽게 이어졌기 때문이다. 그런데 아무리 봐도 서은지가 딱 춘래불사춘이었다. 그냥 보기에는 예쁜데 가만히 보면 뭔지 모를 기운 때문에 예쁘다는 느낌이 자꾸 가려졌다. 나만 그런 느낌인지, 아니면 다른 애들도 그렇게 느끼는지 확인할 길은 없었다. 그런 말을 함부로 꺼낼 수는 없는 노릇이었다.

많은 남자애들이 서은지 짝꿍인 안재성에게 갔다. 안재성은 살짝 들떠 보였고, 남자애들은 안재성에게 말을 거는 척하며 서은지를 계속 주시했다. 그러거나 말거나 서은지는 조용히 앉아서 교과서만 들여다봤다. 작은 흔들림이나 흐트러짐조차 없었다. 절세미인이라면 이쯤은 도도해야 한다는 오만함마저 풍겼다. 그 모습에 남자애들은 더 끌려들어 갔다.

"안녕! 나, 용주야, 이용주."

일진들과 어울리며 노는 이용주가 나섰다. 여느 때 같지 않게 차분하면서도 밝은 말투였다. 용감하게도 이용주는 서은지에게 손까지 내밀었다. 그러나 용기는 보상받지 못했다. 서은지가 어떤 반응도 보이지 않았기 때문이다.

"반가워."

그러거나 말거나 이용주는 손을 은지 얼굴 앞까지 바싹 내밀었다.

"더러운 손 치워."

낮았지만 매서웠다. 한겨울 살갗을 에는 칼바람 같았다. 안재성 둘레에서 장난치며 까불거리던 남자애들이 일시에 멈췄다.

전학을 온 자신에게 처음으로 말을 걸어 주었는데, 아무리 마음에 들지 않는다고 해도 '더러운 손'이라고 하다니, 무척 실망스러웠다. 물론 그런 식으로 접근하는 남자애에게 질색했을 수도 있다. 괜히 상냥하게 대했다가 귀찮게 계속 들러붙는 꼴을 당하지 않으려는 의도일지도 모른다. 그런 심정은 이해한다. 그렇다 해도 '더러운 손'이란 말은 심했다.

이용주는 더럽다는 비난을 받을 만한 애가 아니다. 이용주가 자유분방하고 잘난 척하는 경향이 있지만 심성이 나쁘지는 않다. 노는 애들에 속하지만 그래도 나쁜 놈은 아니다. 꼭 예나 친구여서가 아니라 2학년 때 같은 반에서 지내며 지켜보았기 때문에 잘 안다.

잠깐 경직됐던 분위기는 이용주가 손을 거둬들이며 살그머니 뒤로 물러나자 금방 풀렸다. 아마도 둘레에 있는 남자애들은 이용주가 성급하게 접근했다가 단박에 차인 정도로 받아들인 듯했다. 그때 복도가 소란스러워졌다.

"와! 예쁘다."

"연예인이네, 연예인."

언제 소문이 났는지 남자애들이 떼로 몰려와 우리 반 앞 복도를 가득 메웠다. 어떤 애들은 무리를 지어서 교실 문까지 열고 안으로 들어오기까지 했다. 그 무리 안에는 빨간 목걸이 명찰을 건 학생생활지도위원도 보였다. 3학년씩이나 돼서 철부지처럼 예쁜 여자를 구경하겠다고 몰려드는 꼴이 한심스러웠다.

"야, 야, 어디를 들어와."

"나가, 새끼들아!"

우리 반 남자애들은 우르르 몰려가 무슨 보물이라도 지키듯이 밀고 들어오는 다른 반 애들을 몰아냈다. 시위대와 경찰이 벌이는 힘겨루기 같은 장면이 펼쳐졌다. 그러거나 말거나 서은지는 아무런 반응을 하지 않았다. 가만히 자리에 앉아서 교과서만 읽었다. 그저 도도한 걸까? 늘 있던 관심이라 그러려니 하는 걸까? 항상 공주님처럼 떠받들리며 지내는 데 익숙해서 저러는 걸까? 만약 그렇다면 그냥 재수 없이 예쁜 애라는 말인데, 그런 정도면 인정할 만했다. 아니꼽지만 이해는 한다. 그러나 내 직감은 다른 방향을 가리켰다. 그저 잘난 척하고 고고한 척하는 예쁜 애 느낌이 아니었다. 뭔가 있었다. 그게 뭔지 모르지만.

우리 반 남자애들이 악착같이 밀어냈지만 구경꾼들은 조금도 뒤로 밀리지 않았다. 서은지 얼굴을 보는 애들 사이에서는 잇달아 감탄사가 터졌고, 그럴수록 소란은 커졌다.

"민낯 맞지? 맞지?"

"진짜? 진짜 그러네."

"거 봐. 화장을 안 해도 예쁘잖아. 역시 못생긴 여자애들이 화장품을 얼굴에 덕지덕지 바른다니까."

하여튼, 이럴 때조차 재수 없는 말을 하는 놈이 꼭 있다.

02 움직이는 마네킹

조금 실망하기도 하고, 의문을 품기도 했지만 나는 서은지가 이렇다 저렇다 하는 결론을 성급하게 내리지는 않았다. 섣부른 확신은 그릇된 선입관을 만들기 때문이다. 어쩌면 내 직감과 달리 그저 예쁜 탓에 도도한 성격이 되었는지도 모른다. 아니면 쑥스러움을 많이 타서 그 순간 자기 뜻과 달리 날카롭게 반응했을 가능성도 있다. 혹은 새로운 곳에 가면 낯선 이를 일단 경계하고 쉽게 친해지지 못하는 성향일 수도 있다.

2교시는 최미경 선생님 수업이었다. 최미경 선생님은 학생들이 적극 참여하고 활동하는 수업을 많이 한다. 사회를 싫어하던 나조차 수업에 재미를 붙이게 만드는 선생님이다. 게다가 학생들 말도 잘 들어

준다. 학생자치법정도 최미경 선생님 덕분에 열렸다. 선생님은 설명이 끝나면 항상 짝꿍과 같이 가벼운 활동을 하도록 했다. 그리고 무엇보다 언제나 질문이 열려 있다. 교과서에만 갇히지 않고 다양하게 생각하게 만드는 과제를 제시하기에 이미 선행을 했더라도 재미나게 할 만하다. 그런 점에서 과학 담당인 송윤정 선생님과 많이 닮았다. 송윤정 선생님은 과학 수업을 할 때 예상치 못한 질문을 하고 스스로 사고하게 만든다.

아무튼 나름 재미있는 과제이기에 짝꿍과 같이 의논을 하며 질문지를 채워 나갔다. 짝꿍인 이창훈이 나랑 의논을 하다 말고 자꾸 서은지를 쳐다봤다.

"야, 어디 보냐? 자꾸 딴짓할래?"

구박을 해도 소용이 없었다.

"저 녀석은 전생에 이순신 장군 옆에서 활이라도 쏘았나?"

우리 반에서는 운이 좋으면 전생에 이순신 장군 옆에서 활을 쏘았느니, 노를 저었느니 하면서 전생 덕을 거론하는 게 유행이었다. 이창훈은 서은지를 짝꿍으로 둔 안재성이 몹시 부러운 모양이었다.

"기가 막혀서……. 예쁜 애랑 짝꿍이 된 게 그렇게 부럽냐?"

"부럽지 그럼."

"네 옆자리 비워 준다고, 내가 옮긴다고 했을 때는 가지 말라며."

"그때는 내가 미쳤었지."

"야, 우정을 생각해서 있어 줬더니……."

"앞으로는 그런 우정은 사양할 테니 배려하지 마."

서로 할 말 못 할 말 다 하면서 허물없이 지내는 사이지만 조금 서운했다.

"그래, 그래! 짝꿍이 오징어라서 미안하네."

"네가 모르는 줄 알았는데."

한 대 때리고 싶었지만 수업 시간이라 참았다.

"너 어이가 없다는 말이 뭔지 아냐?"

"날 뭐로 보고."

"꼴뚜기께서 오징어와 앉아 계시면서 불만이라고 할 때 쓰는 말인 줄 아는구나?"

"헐! 야, 그런 식으로 되치기 하냐?"

창훈이는 더는 말대꾸를 못 했다. 결국 내가 이겼다. 그러나 창훈이는 여전히 서은지에게서 눈을 떼지 못했다. 아마 다른 자리에 앉은 남자애들도 비슷하겠다 싶었다. 나는 연필로 창훈이 옆구리를 찔렀다. 그대로 두었다가는 제 시간에 과제를 못 할 듯했기 때문이다.

"아야! 왜 찔러?"

"그만 쳐다보고, 빨리 과제나 해. 여긴 뭐라고 답해야 하냐?"

그렇게 우리는 티격태격하면서도 과제는 빠르게 채워 나갔다. 마지막 질문만 채우면 되었기에 나는 우정을 생각해서 창훈이를 배려하는 셈 치고 내가 채우기로 마음먹었다.

"마지막은 내가 채울 테니, 그동안 보고 싶은 분 실컷 봐."

"크크크, 역시 오징어지만 마음은 넓어."

"너, 죽을래?"

나는 마지막 칸을 꼼꼼하게 채웠다. 마지막 문장을 완성하려는데 서은지 쪽을 보던 창훈이가 중얼거렸다.

"재, 왜 저러지?"

나는 창훈이가 서은지를 보며 하는 말인 줄 알았다.

"예쁘신 분이 코라도 팠냐?"

"그게 아니라……."

마지막 마침표를 찍은 다음 연필을 내려놓았다.

"재성이."

"재성이가 뭐?"

그제야 나는 통로 건너편에 앉아 있는 서은지 쪽으로 눈을 돌렸다.

서은지는 쉬는 시간과 똑같은 자세, 똑같은 표정으로 앉아 있었다. 그런데 옆에 앉은 안재성은 얼굴이 시뻘게져서 안절부절못했다. 서은지에게 서툴게 접근하다 부끄러운 일이라도 당한 걸까? 아니면 너무 예뻐서 어떻게 대해야 할지 몰라 당황한 걸까? 그렇게 보기에는 뭔가 이상했다. 안재성은 잔뜩 화가 난 듯했다.

"왜 저래?"

"네가 보기에도 이상하지?"

"이순신 장군 옆에서 활을 쏘기는 했는데 왜군에게 안 쏘고 엉뚱한 곳으로 쏘았나 보네."

내가 말하고 내가 웃었다. 조금 전에 창훈이가 했던 말을 비웃으며 한 말이었는데 창훈이는 별다른 반응을 보이지 않고 고개만 갸웃거렸다.

"재성이 재, 엄청 화난 거 같은데?"

"그러게."

궁금했지만 수업 중이라 확인할 길은 없었다. 곧이어 활동이 끝났고 활동한 내용으로 수업이 이어졌다. 수업 중간에도 안재성에게 눈길이 갔는데 계속해서 화가 난 상태였다. 수업에도 제대로 집중하지 못하는 듯했다. 안재성답지 않은 모습이었다.

2학년 때 안재성은 나와 같은 반이었다. 수행을 종종 같이 했는데 무척 힘들었다. 안재성은 과제를 제대로 한 경우가 거의 없었고, 모둠 활동을 할 때는 협조하지 않고 놀기만 했으며, 발표할 차례가 되었을 때에는 장난만 쳐서 모둠 전체 점수가 깎이게 만드는 등 나와 친구들에게 별의별 피해를 다 입혔다. 그래서 나는 안재성이 정말 싫었다.

그러다가 최미경 선생님에 내준 어떤 수행을 하면서 안재성을 다시 보게 되었다. 안재성은 마치 다시 태어난 사람처럼 보였다. 그 수행 이후부터 최미경 선생님 수업 때는 엄청 열심히 공부했다. 과제도 그 누구보다 열심히 했고, 학교에서 마무리하지 못하는 날에는 미처 끝내지 못한 부분을 집에서 채워 왔으며, 심지어 미리 준비해 오는 날도 있었다. 선생님도 그런 변화를 알고는 안재성을 아끼는 듯했다. 일부러 안재성만 따로 불러내어 면담도 했는데, 그런 날이면 안재성은 그 어느 때보다 행복해 보였다.

그런 안재성이 최미경 선생님 수업에 집중을 못 하니 무슨 일이 벌어진 게 분명했다. 아무래도 서은지 때문인 것 같았다. 이용주처럼 들이대다 한 방 맞아서 화가 난 걸까? 아니면 의도치 않은 실수로 심한 말을 듣고 화가 난 걸까? 이런저런 상상을 하느라 나도 수업에 몰입이 안 됐다. 나는 창훈이 공책을 끌어당겼다.

'수업 끝나고 네가 가서 물어 봐.'

'알았어.'

사회 수업 시간은 늘 빠르게 흘러갔는데, 그 순간에는 어느 때보다 느리게 흘렀다.

수업이 끝나자마자 창훈이는 스프링이 튀듯이 일어나 안재성을 붙잡고 밖으로 나갔다. 서은지는 여전히 자리에 앉아 있었다. 남자애들은 이용주가 당하는 꼴을 봤기 때문에 떨어져서 지켜보기만 할 뿐 아무도 다가가지 않았다. 화장실에 가려고 나가는데 또다시 복도에 남자애들이 우르르 몰려들었다. 구경꾼들 사이에는 여자애들도 꽤나 많았다. 넘쳐나는 구경꾼들로 인해 화장실에 가기까지 무척 힘들었다. 얼굴 좀 예쁘다고 개미떼처럼 몰려들어서 구경하는 꼴이라니, 도대체 왜 이런 멍청한 짓에 다 같이 뛰어드는지 모르겠다. 불나방들도 아니고.

볼일을 보고 다시 교실로 오는 길은 더욱 힘들었다. 비키라는 말을 수없이 했지만 교실까지 이르는 길은 멀기만 했다. 종소리가 울리고 선생님들이 빨리 들어가라고 소리를 지른 뒤에야 복도를 가득 채운 인파가 사라졌다. 자리에 앉는데 어깨와 팔뚝이 결렸다. 이리저리 치일

때 잔뜩 힘을 준 탓이었다. 아픈 부위를 주무르는데 창훈이가 안재성과 같이 뒷문으로 들어왔다. 안재성 얼굴은 여전히 붉으락푸르락했다.

3교시는 도덕이었고 담임인 조정식 선생님 수업이었다. 나는 창훈이가 자리에 앉자마자 공책에 글을 써서 질문했다.

'어떻게 됐어? 무슨 일이래?'

창훈이는 선생님과 서은지를 번갈아 살피더니 내 질문에 글을 달았다.

'수행하다가 서은지 때문에 빡쳤나 봐.'

'왜? 이유가 뭐냐고?'

'수행을 같이 하려고 했는데 전혀 동참을 안 했대.'

2학년 때 안재성 모습이 떠올랐다. 나를 그렇게 애먹이더니 지금은 다른 사람이 수행에 참가 안 한다고 화를 삭이지 못한다고 하니 솔직히 통쾌했다.

'ㅋㅋㅋ'

'왜 웃어?'

나는 간단하게 2학년 때 일을 적어 주었다.

'재성이가 그랬다고? 상상 안 됨.'

'나는 지금 모습이 낯설어.'

내 궁금증은 급격히 사그라졌다.

'내가 작년에 재성이와 틀어졌을 때랑 똑같네. 난 또 뭐라고.'

'그게 그렇지 않아.'

'뭔데?'

내 궁금증은 이미 사라진 뒤였기에 건성으로 묻고 수업에 집중하려고 했다.

'재성이가 계속 같이 하자고 설득했는데 서은지가 대충 알아서 하라고 했대.'

'ㅋㅋㅋ'

'왜 웃어?'

'그냥.'

자꾸 작년에 있었던 일이 떠올라 웃음이 나왔다고 설명하지는 않았다. 길게 대꾸하기 귀찮았다. 나는 수업에 집중하기 위해 공책을 끌어당기려고 했다. 이제 그만 필담을 나누자는 뜻이었다. 그런데 창훈이가 공책을 놔 주지 않았다. 세게 당기려다가 그만두었다. 나는 그냥 무시하고 수업을 들었다. 그런데도 창훈이는 뭔가를 계속 끄적거리더니 공책을 내 쪽으로 밀었다. 나는 수업에 집중했기에 공책에 쓴 글을 읽지 않았다. 창훈이가 내 손을 툭툭 쳐도 무시하다가 마침 선생님이 옆길로 새는 이야기로 넘어갔기에 공책에 쓴 글을 읽었다.

'재성이는 포기하지 않고 최미경 선생님 수업은 다르며, 선생님이 내주는 수행 과제는 다른 선생님들 수행과 달리 제대로 하면 할수록 생각을 넓고 깊게 해 준다고 설득했나 봐.'

안재성이 저런 말까지 했다니 생각할수록 놀랍기만 하다. 좋은 선생님이 좋은 학생을 만든다는 생생한 증거였다.

'그렇게 재성이가 설득했는데도 서은지는 어차피 다 똑같다면서 알아서 하라고 했대. 거기서 포기할 재성이가 아니지. 너도 알다시피 재성이가 최미경 쌤 엄청 좋아하잖아. 나도 처음에는 그런 줄 알았는데 아니라고 하면서 같이 하자고 했대.'

사람은 잘 안 변하다고 하는데 안재성을 보면 그 말이 틀렸다. 사람은 변한다. 다만 그 계기를 만나지 못했을 뿐이다. 특히 학창시절에 좋은 선생님을 만나면 확실히 변한다. 나도 그랬다. 초등 6학년 때, 체육활동 뒤에 생긴 악취를 지혜롭게 해결한 선생님 때문에 내 꿈이 생겼고, 중학교에 올라와서는 송윤정 과학 선생님을 만난 덕분에 과학을 바라보는 눈과 마음이 열렸다.

'그래도 재성이는 어떻게든 마음을 바꿔 놓으려고 노력했는데, 그다음 서은지가 한 말을 듣고 엄청 화가 났나 봐. 서은지가 뭐라고 했냐 하면.'

그러고는 더는 글이 없었다.

나는 창훈이를 봤다.

'뭐야? 왜 없어?'

입모양으로 물었다.

창훈이가 손짓으로 뒤로 넘기라고 했다. 나는 공책을 넘겼다. 대화처럼 주고받은 글이 보였다.

서은지 너무 믿지 마. 선생들은 다 똑같으니까.

안재성 아니야, 최미경 쌤은 달라.

서은지 너도 언젠가 진실을 알게 될 거야.

안재성 다르다니까.

서은지 선생들은 그냥 돈 벌려고 학교에 오는 직장인이야.

안재성 뭐?

서은지 못 알아들었어? 직장인이라고. 상사 눈치 살살 보는 직장인.

안재성이 화가 날 만도 했다. 자기가 가장 존경하고 자기 인생을 바꾼 선생님을 잘 알지도 못하면서 서은지가 그리 취급했으니, 화를 내지 않으면 그게 더 비정상일 것이다. 아마 안재성이 최미경 선생님을 존경하지 않았다면 수업을 하다가 화를 참지 못하고 터트렸을지도 모른다.

'그래서 재성이가 화난 거야. 재성이 말로는 인성이 완전 쓰레기래. 이제는 얼굴도 안 예뻐 보인대.'

창훈이가 쓴 글은 거기서 끝났다.

내가 다 읽은 걸 확인한 창훈이가 다시 글을 썼다.

'어때? 재성이가 화낼 만하지?'

'그렇긴 하네. 근데 어떡하냐?'

'뭘?'

'네가 우러러보는 미인께서 인성이 그러니.'

'친구도 아닌데 뭘. 친구로는 네가 훨씬 나아.'

'어쭈! 아까는 내가 오징어라고 까더니.'

'ㅋㅋㅋ, 농담이지 농담! 인성은 네가 갑이지.'

'야, 야, 야, 끝까지 외모는 서은지구나.'

'예쁘긴 하잖아. 그렇지만 정나미 떨어진다, 솔직히.'

나도 마찬가지였다. 우리는 필담을 멈추고 같이 약속이나 한 듯이 서은지를 봤다. 마치 예쁜 마네킹처럼 처음 앉았을 때와 똑같은 자세였다. 안재성이 겪은 일을 정확히 알고 나니 나도 서은지가 그리 예뻐 보이지 않았다. 아무리 잘생긴 남자라도 나쁜 짓을 저지른 범죄자임을 알고 나면 멋져 보이지 않는 것과 같았다.

도덕 수업이 끝나자 서은지가 처음으로 자리에서 일어나더니 교실 밖으로 나갔다. 복도는 벌써 구경꾼들로 바글거렸다. 서은지가 나가자 바다가 갈라지듯이 길이 열렸다. 서은지가 사라지자 창훈이와 남자애들이 안재성에게 몰려갔다. 안재성은 화를 내며 창훈이에게 했던 말을 쏟아 냈다. 마치 교실뿐 아니라 밖에 있는 구경꾼들까지 모두 들으라는 듯이 일부러 크게 말했다. 안재성 말을 듣고 실망하는 남자애들도 있었지만, 여전히 예뻐서 콧대가 높다는 둥, 예쁘면 원래 까다롭다는 둥 하면서 서은지를 변호하는 남자애들도 많았다.

복도에서 웅성거리는 소리가 들렸다. 아마 서은지가 다시 돌아오는 모양이었다. 안재성 둘레에 모여 이야기를 나누던 남자애들이 삽시간에 흩어졌다. 서은지가 자리에 돌아와서는 다시 마네킹처럼 똑같은 자세로 앉았다.

4교시는 수학이었는데 수행 평가 때문에 딴짓을 할 겨를이 없었다. 우리는 4교시가 끝나자마자 급식실로 우르르 몰려갔다. 배고픔 때문인지, 아니면 그새 관심이 줄어들었는지, 아니면 안재성이 한 말 때문인지 몰라도 우리 반 남자애들은 서은지를 그리 염두에 두지 않고 움직였다. 반면에 다른 반 남자애들은 여전히 서은지에게 눈을 떼지 못했다. 여자들은 친한 애들끼리 모여 앉아 힐끗힐끗 서은지를 살폈지만 아무도 같이 먹으려고 시도하지는 않았다. 생각해 보니 오전 내내 여자애들 가운데 서은지와 말을 섞은 사람이 아무도 없었다. 나조차 거리감이 느껴져서 선불리 말을 붙일 엄두가 나지 않았다. 안재성 말처럼 인성이 엉망인지는 확실치 않지만 가깝게 지내고 싶지 않은 성격인 것만은 확실해 보였다.

서은지는 혼자 점심을 먹었다. 먹는 내내 오른손과 입술만 느리게 움직였고 미동도 없었다. 교실로 돌아온 서은지는 또다시 마네킹처럼 자리에 앉더니 가만히 교과서를 읽었다. 우리 반 애들은 애써 모른 척하며 자연스럽게 지냈고, 복도에는 여전히 다른 반 남자애들이 모여들었지만 오전처럼 들끓지는 않았다.

나는 잠깐 교실에 있다가 학생자치법정을 준비하러 학생회실로 갔다. 학생회실에서 바쁘게 일을 한 뒤 5교시 수업을 하러 교실로 돌아왔는데, 들어오면서 보니 서은지는 내가 나갔을 때 봤던 모습 그대로였다. 조금도 흐트러지지 않은 한결같은 자세는 경이롭기도 하고, 무척 답답하게 느껴지기도 했다.

5교시는 영어 수업이었는데 모둠 수행을 했다. 네 명이 한 모둠을 이뤄 수행을 했는데 나는 모둠장이 되어 수행을 이끌었다. 수행을 어떻게 이끌어야 하는지 잘 알기에 잘 참여 안 하려는 애는 적당히 구슬리고, 능력이 모자라면 조금씩 도와가면서 수행을 진행했다. 결과물도 만족스러웠다.

수업이 끝나자마자 이하영이 버럭 짜증을 내며 밖으로 나가 버렸다. 함께 다니는 친구인 정민채와 송연빈이 서둘러 뒤따라 나갔다. 창훈이가 재빨리 일어났다. 이하영 무리를 쫓아가려는 모양이었다.

"네가 왜 따라가?"

"딱 보면 척이야."

"하여튼 오지랖은."

창훈이가 사라지고 갑자기 졸렸다. 6교시는 기술·가정 수업인데 가정 선생님 차례였다. 기술은 나름 재미있지만 가정은 정말 재미 없는 수업이다. 잘못하면 수업 시간에 잘 듯해서 미리 눈을 붙였다. 깊이 잠들지 못하더라도 잠시 눈만 붙여도 피곤은 덜했기에 엎드려서 눈을 감았다. 설핏 잠이 들었는데 어느 틈에 들어왔는지 창훈이가 내 어깨를 쳤다. 6교시가 된 줄 알고 얼른 몸을 일으키며 시간을 확인했다. 아직 쉬는 시간이 2분 정도 남아 있었다.

"야, 뭐야? 왜 깨워? 2분이나 남았는데."

짜증 섞인 반응이 자연스럽게 나왔다.

창훈이는 서은지 쪽을 살피더니 책상 바닥에 대고 손으로 글씨를 쓰는 시늉을 했다.

"뭔데?"

창훈이는 자리에 앉더니 자기 공책을 꺼냈다. 그러고는 빠르게 글씨를 써 내려갔다.

"에이, 뭐야, 졸린데."

나는 눈을 찌푸리며 글을 읽었다.

'서은지가 또 사고 쳤나 봐. 하영이가 모둠장인데 대놓고 개겼나 봐.'

오른팔을 베고 자서인지 팔에 힘이 들어오지 않았다. 나는 왼손으로 오른 팔뚝을 주무르며 창훈이가 더 쓰기를 기다렸다.

'이래라 저래라 함부로 자기한테 시키지 말라고.'

이하영은 자존심이 세고 질투심도 많다. 누가 자기를 조금만 무시하는 말만 해도 괜히 기분 나빠 한다. 그런 이하영을 대놓고 무시했으니 짜증을 낼 만했다. 그 정도야 뭐 늘 있는 일이니 그러려니 했다. 종이 울렸고, 조금 뒤 선생님이 들어왔다. 나는 교과서를 꺼내며 찌뿌둥한 몸을 움직여 조금씩 풀었다. 내가 그러는 동안에도 창훈이는 열심히 글을 쓰고는 내게 보여 주었다.

'자존심 센 하영이가 그 성질을 꾹 누르고는 차분하게 나한테는 모둠장을 이끌 책임과 권한이 있다고 말했나 봐. 그 정도면 하영이가 꾹 참은 거잖아.'

'그렇긴 하네.'

'그랬더니 서은지가 뭐라고 했는줄 알아?'

'오디션 사회 보니? 질질 끌지 말고 빨리 말해. 곧 수업이야.'

나는 교과서를 펴고, 선생님이 나눠주신 인쇄물도 꺼냈다.

'모둠장도 권력이라고 전학생한테 위세 부리냐고 했대.'

나는 인쇄물을 펴다가 놀라서 창훈이를 바라봤다.

'진짜?'

입모양으로 물었다.

'진짜라니까!'

창훈이도 입모양으로 대답했다.

그런 말을 들었는데도 이하영이 그냥 나간 게 신기했다.

'아니, 그랬는데 하영이가 가만뒀대?'

'당연히 가만 안 두지. 수업 중이라 큰소리는 못 내고 그냥 매섭게 째려봤나 봐. 옆에 모둠원들도 어이없어 하고. 그런데도 서은지는 아랑곳하지 않았대. 눈썹 하나도 반응을 하지 않더래나 뭐래나.'

다시 마네킹이 떠올랐다.

'수업 중에야 그렇다 쳐도 쉬는 시간에는 왜 그냥 나갔대? 하영이가 참을 애가 아닌데.'

'기세에 밀린 거지.'

'하영이가?'

'괜히 잘못 건드렸다가는 학폭위에 곧바로 신고할까 봐 걱정돼서 그랬나 봐. 짜증은 나고 어떻게 하고 싶기는 한데, 그랬다가는 처벌받을 수도 있으니 그런 거지. 전학생이 왔는데 첫날부터 싸움을 벌였다고

해 봐. 뻔하잖아.'

이하영 성질에 그런 일을 당했으니 미치고 팔짝 뛸 노릇이었을 것이다. 수업에 집중하기 힘들었다. 자꾸 서은지에게 눈길이 갔다. 안 그래도 관심이 없는 과목인데 서은지 때문인지 전혀 선생님 말이 귀에 들어오지 않았다. 날라리처럼 노는 애일까? 그래 보이지는 않았다. 날라리라면 아무리 예쁘다 해도 화장기가 전혀 없는 얼굴일 리 없다. 전 학교에서 일진이었을까? 저 외모로 일진 노릇을 하는 서은지를 떠올리니 낯설었다. 무엇보다 마네킹 같은 자세로 책을 읽는 모습은 일진과는 전혀 어울리지 않았다.

정체 모를 외계인을 마주한 기분이었다. 조금은 걱정도 되었다. 하루도 지나지 않아 이 정도 수준으로 갈등이 벌어진다면 며칠 안 가서 온통 적에 둘러싸일 듯했기 때문이다. 성격이나 하는 짓이 마음에 안 들었지만 워낙 좋은 첫인상 때문에 묘한 연민이 일었다. 그러나 그 연민은 종례를 마치고 나가면서 산산이 조각나 버렸다.

담임 선생님이 종례시간에 알림장을 나눠주었다. 중요하니 꼼꼼히 읽어 보고 꼭 실천하라고 신신당부까지 했다. 종례가 끝나자 우리들은 다 같이 우르르 일어났다. 대다수는 곧바로 다시 학원에 갇혀야 하는 신세지만, 그래도 잠시 답답한 교실에서 벗어난다는 해방감을 맛보는 시간이기에 신나게 짐을 챙겨서 나갔다.

서은지도 조용히 일어나 가방을 둘러멨다. 손에는 선생님이 나눠준 알림장이 들려 있었다. 서은지를 탐탁치 않게 여기는 애들이 늘기는 했지만 탁월한 외모에 자연스럽게 눈길이 모였다. 많은 애들이 신나게 들떠 있으면서도 눈길은 서은지에게 향했다. 서은지는 반듯한 걸음으로 교실 뒷문으로 향했다. 그런데 뒷문 옆에 놓인 쓰레기통 앞으로 가더니 손에 들고 있던 알림장을 갈가리 찢어서 쓰레기통에 버리는 게 아닌가?

다들 알림장을 구겨서 가방에 넣기도 하고, 집에 가다가 잃어버리기도 하고, 깜박 잊고 집에 가서 안 보여 주기도 하고, 가방에 몇 달째 처박아 두기도 한다. 그렇지만 선생님이 신신당부한 알림장을 보란 듯이 찢어서 쓰레기통에 버리는 애는 아직 한 번도 본 적이 없다. 저건 명백히 보여 주려는 의도였다. 내가 이렇다는 걸 보여 주려는 뜻으로 한 행동이었다. 저항일까? 아니면 정말 인성이 쓰레기인 걸까? 아무튼 강렬한 등장만큼 강렬한 퇴장이었다.

의도가 무엇이었던 그 행동은 반 전체에서 서은지 인상을 나쁜 쪽으로 기울게 만들었다. 서은지가 교실을 나가고 반 단체대화방은 폭발했다. 온통 비난 일색이었다. 나는 비난에 가담하지는 않았다. 봄을 끌고 온 듯 풋풋한 첫 느낌이 못내 아쉬웠기 때문이다. 첫날이어서 그러했기를 바랐다. 그러나 안타깝게도 내 바람은 그다음 날 바로 깨졌다. 그다음 날도 서은지는 똑같았다. 또다시 마네킹처럼 자기 자리에서 움직이지 않다가 다른 애들과 관계가 이루어질 때면 매섭게 부딪쳤고, 싸늘하게 내쳤다. 소문은 우리 반을 넘어 3학년 전체로 빠르게 번졌다. 몇몇 삐뚤어진 애들은 서은지를 두고 얼굴값 한다고 비난하기도 했다. 며칠이 지나지 않았는데 소문에 둔감한 1학년 자연과학부 후배들 조차 '예쁜 선배가 인성은 쓰레기'라는 말을 할 정도가 되었다. 그렇게 서은지는 며칠 만에 전교생이 꺼려하는 외톨이가 되고 말았다. 아무도 외톨이로 만들지 않았지만 스스로 외톨이가 되어 버렸다. 빼어난 외모를 향한 질투까지 겹치면서 서은지는 학교에서 철저히 고립되었다.

첫인상 때문에 외톨이가 된 서은지에게 연민을 느꼈지만 바쁜 일상은 그럼 감정을 금방 지워 버렸다. 특히나 2차 학생자치법정에서 내가 큰 실수를 저지르면서 서은지에 대한 걱정은 아예 사라져 버렸다. 힘들게 수습책을 찾아내서 3차 학생자치법정을 무사히 끝내고 나니 온몸에서 기운이 다 빠져나간 듯 힘들었다. 3차 법정이 끝난 날, 정신도 육체도 지친 상태로 학원까지 다녀오고 나니 자고 싶다는 생각만 들었다. 씻기도 귀찮아서 침대에 널부러져 있었는데 창훈이한테 전화가 왔다. 귀찮았다. 문자로 보내면 되지 이 오밤중에 웬 전화질인가 싶었다. 무시했다. 눈이 감겼다. 다시 전화가 왔다. 또 창훈이었다.

"뭔데?"

받자마자 짜증을 냈다.

"야, 긴급 속보야, 속보."

"속보든 말든 나 피곤해, 졸려."

눈이 스르르 감겼다.

"진짜 대박 뉴스라니까."

"빨리 말해, 졸리다고."

눈꺼풀이 감기고 머리에 어둠이 내릴 때 꿈결처럼 창훈이가 전하는 속보가 들렸다.

"서은지가 우리 학교에 강제전학을 당해서 온 거래."

03 자원봉사상, 그 달콤한 유혹

3차 자치법정을 끝낸 다음 날이었다. 선생님은 조회를 하는 둥 마는 둥 빨리 끝내더니 나를 복도로 불러냈다.

"자치법정 하느라 고생했어. 오늘 방과 후에 교장 선생님과 면담이 잡혔으니까 종례 끝나면 바로 교장실로 가."

"교장 쌤이 들어주신대요?"

"그걸 내가 어떻게 아냐?"

"대충 분위기라도……."

"그런 건 모르고, 내가 부탁이 있어서 불렀어."

"부탁이요?"

"은지 있잖아."

불길한 예감이 들었다.

"네가 보기엔 어때?"

걱정이 한껏 묻어났다.

"애들이랑 잘 어울리지 못하는 편이긴 해요."

있는 그대로 말하면 괜히 흉을 보는 듯해서 일부러 돌려서 말했다.

"동명이랑 희주한테 들어보니 거의 외톨이라고 하던데, 아니야?"

최동명과 김희주는 같은 반으로 학생생활지도위원이다. 생활지도위원들이 몰래 학생들에 관련한 일들을 선생님들에게 보고한다는 소문이 사실인 듯했다. 한편으로는 감시를 받는 듯해서 불쾌하지만, 또 한편으로는 우리 상황을 선생님들이 정확히 알게 된다는 면에서는 괜찮다는 생각도 들었다. 나로서는 어느 쪽이 맞는지 판단을 내리기 쉽지 않았다.

"뭐, 거의 그렇긴 하죠. 근데 쌤! 강제전학 당해서 왔다는 소문이 사실인가요?"

"어떤 놈이 그딴 소문을……."

"사실이 아닌가요?"

"……."

선생님은 가타부타 명확히 말해 주지 않았다.

"설마 소문 진원지를 밝히라고 하시지는 않을 거죠?"

"쌤을 뭘로 보고……."

"죄송해요. 요즘 좀 예민해서."

"아, 시간 없네."

선생님은 시간을 확인하더니 다급하게 말을 이었다.

"그러니까 네가 은지를 좀 도와주면 좋겠어."

역시 불길한 예감은 정확했다. 내 걱정은 늘 현실이 되고 만다.

"도와요? 어떻게?"

"걔가 사정이 있어서 우리 학교로 왔어. 너한테 다 밝히진 못하지만, 적응이 조금 힘든 애야. 그러니까 네가 잘 도와주면 좋겠어."

"아니, 제가 뭘……."

"네가 우리 반에서 두루두루 친구 관계도 제일 좋고, 정의감도 있고……."

선생님은 말 뒤끝을 흐렸다.

"인권부 부장이라서 시키시는 거 아니구요?"

"딱히 그래서는 아니지만, 그래도 은지를 저렇게 두면 안 될 것 같아."

나는 싫었다. 그렇지만 담임 선생님 부탁인데 딱 잘라서 거절하기는 쉽지 않았다. 뭐라고 할지 몰라 망설이는데 1교시 종이 울렸고, 수학 선생님이 오는 모습이 보였다.

"당장 대답 안 해도 돼, 이따 종례 때까지 생각해 보고 말해 줘. 알았지?"

"네. 고민해 볼게요."

담임 선생님은 좋은 분이다. 도덕 선생님이라 고리타분한 면도 있지만 그래도 꼰대는 아니다. 나름 농담도 잘하고 우리들과 격의 없이 지내려고 노력한다. 물론 너무 애를 써서 어색한 티가 팍팍 나기는 하지만.

내키지 않았지만 담임 선생님 부탁도 받았기에 서은지를 더 세심하게 관찰했다. 장점을 찾고 싶었다. 그래야만 도울 마음도 생길 것 같았다. 내가 천사 같은 이선혜도 아니고 도우라고 한다고 무작정 나서고 싶지는 않았다. 좋은 점을 하나도 찾지 못했는데 도우려고 나서면 내키지 않기에 제대로 돕지도 못한다. 아무런 도움도 못 주면서 돕는다는 생색만 내는 꼴은 싫었다. 그럴 바에는 매정하다는 비난을 듣더라도 애초부터 나서지 않는 편이 낫다.

오전 내내 서은지만 관찰했다. 쉬는 시간에 서은지는 딱 한 번 화장실에 다녀오고 늘 제 자리에서 마네킹이 되어 교과서만 읽었다. 소설책뿐 아니라 참고서나 자습서도 책상에 올려놓지 않았다. 다른 애들은 쉬는 시간이면 학원 숙제를 하는 경우도 많은데 그런 모습도 보이지 않았다. 쉬는 시간에는 휴대전화를 사용해도 되지만 꺼내지도 않았다. 그러고 보니 쉬는 시간만 그런 게 아니었다. 아침부터 종례 때까지 전화기를 전혀 꺼내지 않았다. 옷을 살폈지만 주머니에 넣은 것 같지는 않았다. 화장실에 갈 때도 챙기지 않는 걸 보면 가방에 넣어 둔 것 같지도 않았다. 그럼 집에서 안 가져왔거나 휴대전화가 아예 없다는 말이었다. 교복은 단정하고 책상은 늘 정갈하게 관리했으며, 교과서와 공책도 깔끔했다.

몇 번 충돌이 벌어진 뒤에는 아무도 다가오지 않았고, 서은지가 어떤 말도 입 밖으로 내지 않으니 아무런 관계가 없었고, 당연히 아무런 말썽도 생기지 않았다. 수업 시간에도 흐트러짐 없이 수업에 충실했다. 선생님을 봐야 할 때는 선생님을 보고, 교과서를 봐야 할 때는 교과서를 보고, 공책에 적어야 할 때는 공책에 적고, 인쇄물을 채워야 할 때는 인쇄물을 채웠다. 책상 위는 항상 가지런하게 정리되어 있고 깨끗했다. 책상 서랍은 말끔했으며, 주위 바닥에는 지우개 가루조차 없었다. 흠이라고는 단 한 군데도 없는 모범생이었다. 아주 깐깐한 생활지도위원이 하루 내내, 아니 한 달 내내 붙어 있어도 단 1점도 벌점을 줄 건더기가 없는 모범생이었다. 깔끔하고 단정함이 지나쳐 결벽증이 아닌가 하는 의심마저 들었다. 마치 완벽한 인공지능 로봇 같았다.

그런데 수행을 할 때는 철저히 혼자 하려고 했다. 그래서 개인 수행은 완벽했다. 시키면 바로 하고, 다 끝내고 나면 바르게 앉아서 가만히 기다렸다. 문제는 모둠 수행 때였다. 절대 남과 같이 하려고 하지 않았다. 간섭하지 못하게 했고, 의견을 내지 않았으며, 자기 역할을 스스로 정한 뒤 그것만 했다. 철저한 개인주의자였다. 아니 개인주의자라기보다는 고립주의자라는 표현이 어울렸다. 서은지는 다른 사람과 관계를 철저히 거부한 채 스스로를 고립시켜 혼자 지내려고 하는 사람이었다.

오전 내내 서은지를 관찰하면서 고슴도치가 떠올랐다. 적이 언제 올지 모르는 위기 상황에서 날카로운 가시에 힘을 잔뜩 주고 경계에 들어간 고슴도치, 딱 그 모습이었다. 한두 시간도 아니고, 하루 내내 저렇게 지내기는 쉽지 않아 보였다. 그러고 보니 전학을 온 뒤에 내가 본 서은지는 저런 모습에서 단 한 치도 벗어나지 않았다. 한순간도 빈틈없이 경계 태세를 유지하며 조그만 흠도 잡히지 않으려는 각오로 하루를 살려면 얼마나 힘들까? 그게 열여섯 살밖에 안 된 나이에 과연 가능할까? 일부러 그런다면 안타까웠고, 타고난 성향이라면 불쌍했다. 이유가 무엇이든 안쓰러웠다. 나도 모르게 연민이 피어올랐다.

'내가 무슨 수로 도와? 내가 창훈이도 아니고 오지랖이야, 오지랖! 괜히 나섰다가 또 나혜 꼴 나지.'

나는 학교가 시행하는 생활지도 방식을 바꾸기 위해 이태경에게 한꺼번에 17점이나 벌점을 받은 나혜를 학생자치법정에 세웠다. 그렇지만 내 의도와 달리 이태경은 능구렁이처럼 되받아쳤고, 나혜는 거짓말에 욕설까지 한 못된 애로 찍히면서 큰 위기를 맞이했다. 간신히 수습하기는 했지만 내 오만한 자신감이 빚은 참사에 며칠 동안 죽을 듯이 괴로웠다. 그게 겨우 지난 주였다. 그때 당시 암담했던 감정을 떠올리니 다시는 그런 처지에 내몰리고 싶지 않았다. 사람은 자기 깜냥에 맞게 나서야 한다. 정의감으로 오지랖 넓게 나섰다가는 나뿐 아니라 당사자도 위기에 처하게 만들 수 있다. 서은지는 내가 감당할 만한 애가 아니었다. 내게 어떤 해결책이나 개선할 방법이 있으면 모르겠지만 그저 불쌍하다고 무작정 나설 수는 없었다.

결심을 굳히고 나니 마음이 가벼웠다. 나는 친구들과 수다를 떨며 맛있게 점심을 먹었다. 언제나 그렇듯 행복한 급식이었다. 이런 행복을 두고 내가 왜 불행 속으로 들어간단 말인가? 나는 사서 고생하고 싶지 않았다. 그렇게 신나게 밥을 먹는 내 눈에 혼자 앉은 서은지가 눈에 들어왔다. 똑같은 자세였다. 마네킹처럼 미동도 없는 자세로 손과 입만 움직이며 급식을 먹었다. 얼굴에는 표정이 없었다. 즐거움과 기쁨 같은 밝은 감정뿐 아니라 슬픔과 외로움, 괴로움과 쓸쓸함까지 지워 버린 표정이었다. 그야말로 감정이 지워진 얼굴이었다. 정말이지 매번 느끼지만 완벽한 마네킹이었다. 그러다 문뜩 기묘한 뒤틀림이 일어났다. 부풀어 오르는 풍선을 억지로 눌렀을 때 삐죽 튀어나오는 모서리 같은 뒤틀림이었다. 찰나였지만 분명히 나타났다가 사라졌다.

'저, 표정, 어디서 봤는데…….'

나는 젓가락질을 하면서도 내 기억을 뒤적이며 정확한 출처를 찾아내려고 애썼다. 올해는 아니었다. 2학년도 아니었다. 초등 때는 저런 감정 표출을 알아차릴 수준이 아니었다. 그러면 중1 때였을 텐데, 내가 저런 표정을 학교에서 본 적은 없는 듯했다. 그럼 학교 밖이었는데, 학교 밖이라면…….

'아! 그때구나!'

일부러 지워 버렸던 기억이었다. 다시는 떠올리고 싶지 않은 기억이었다. 억지로 묻어 버렸던 그 표정이 서은지 얼굴을 통해 생생하게 되살아났다. 기억이 명확해지자 나는 더 이상 젓가락을 움직일 수가 없었다.

가을바람을 탔는지 엄마가 갑자기 봉사활동을 하겠다고 나섰다. 평소에 관심이 있거나, 그런 쪽과 인연이라도 있으면 모르겠는데 아무런 이유도, 계기도 없이 엄마는 느닷없이 봉사활동을 하겠다고 선언했다. 엄마가 갑자기 뭔가에 끌려서 시도했다가 그만두는 일이 종종 있었기에 가족들은 아무도 말리지 않았다. 몇 번 봉사활동을 가던 엄마는 또 다시 갑작스럽게 나와 동생도 같이 봉사활동을 가자고 했다. 그러면서 봉사활동을 가는 보육원이 시설도 좋고, 아이들도 활기차고, 봉사를 하고 나면 보람도 느낀다면서 꼭 가야만 한다고 강조했다.

"보육원 가는 거면, 내가 빵을 만들어 가도 돼?"

"그럼~."

"와, 신난다!"

제빵사가 꿈인 동생은 자기가 만든 빵을 나눠줄 곳이 생겼다면서 방방 뛰었다. 역시 철부지였다. 나는 가기 싫었다. 부모 없는 애들을 돌보는 곳에 가서 마음에도 없는 봉사를 하고 싶지 않았다.

"한 번만 가 봐."

"싫다니까."

"한 번 가 보고 별로면 다시 안 가도 돼."

"내가 거길 왜 가?"

"자꾸 그럴래? 그럼 너 용돈 없어."

"내 용돈이랑 봉사랑 뭔 상관인데!"

"봉사활동을 안 할 거면 어려운 처지도 한 번쯤 겪어 봐야지."

"그게 말이 돼?"

"말이 되든 안 되든 엄마 마음이야."

엄마는 막무가내였다. 엄마가 일단 고집을 부리면 대책이 없다. 설득이 통하지 않는다. 때마침 용돈이 똑 떨어지고, 친구들 생일은 다가와서 돈 쓸 곳은 많았기에 나는 엄마 협박에 굴복하고 말았다.

보육원이라고 하면 도심에서 멀리 떨어지거나, 허름한 동네에 있을 줄 알았는데 차를 타고 얼마 가지 않아 보육원에 도착했다. 시설은 엄마 말대로 괜찮았다. 동생은 시키지 않았는데도 자기 또래를 발견하자마자 뒤섞여서 놀았다. 엄마는 보육원 청소와 빨래, 요리를 도왔고 나는 아이들을 가르치는 선생님을 보조하는 역할을 했다. 내가 있을 곳이 아닌 듯 몹시 어색했다. 멀뚱멀뚱 있다가 시키면 겨우 그것만 했다. 그러다 선생님이 초등 5학년인 두 아이에게 수학 공부 좀 따로 봐 달라고 했다. 두 명만 데리고 수학을 가르치라고 하니 마음이 편했다. 나는 별도로 마련된 책상에서 두 아이에게 수학을 가르쳤다.

먼저 실력을 가늠해 보려고 문제집에 있는 기본문제를 풀어 보게 했다. 한 아이는 열심히 풀었다. 예상보다 제법 잘 풀었다. 몇 문제를 틀렸는데 어떤 점이 부족한지 눈에 보였다. 그런데 한 아이는 문제집을 앞에 두고 아무것도 안 했다. 나무라거나 강요할 수는 없었기에 달래면서 시켰는데 꿈쩍도 하지 않았다. 하는 수 없이 잘 따라오는 아이만 붙잡고 열심히 가르쳤다. 무뚝뚝한 아이는 끝까지 아무것도 하지 않았고, 나를 쳐다보지도 않았다. 답답했지만 방법이 없었다. 어쨌든 나를 잘 따라온 아이는 나를 예쁜 누나 선생님이라고 부르며 싹싹하게 굴었다. 표정이 밝고 다정했다. 원리를 알려 주면 금방 핵심을 꿰뚫었다. 가르치는 보람이 느껴지는 아이였다. 엄마가 왜 봉사활동이 보람차다고 하는지 어렴풋하게 느껴졌다. 이 아이라면 다시 와서 가르치고 싶다는 생각마저 들었다.

내가 오전 시간을 힘들게 보냈다면 동생은 신나는 시간을 보냈다. 점심시간이 되자 동생은 같이 놀던 또래들과 뒤섞여 떠들썩하게 밥을 먹었다. 보육원 아이들과 만나자마자 스스럼없이 어울리는 동생이 대견해 보이기도 하고, 한편으로는 철없어 보이기도 했다. 나는 오전에 수업을 같이 했던 선생님과 나란히 앉아 밥을 먹었다. 반찬은 기대보다 훨씬 좋았다. 보육원 하면 떠올렸던 선입관이 산산이 깨져 버릴 만큼 질도 좋고 맛도 뛰어났다. 똘똘하고 상냥한 아이를 가르치고, 이런 맛있는 점심을 먹는 자원봉사라면 할 만하다고 생각했다. 일요일마다 오기는 싫었지만 한 달에 한 번쯤은 와도 괜찮을 듯했다.

웅크렸던 마음이 풀어지며 앞에 앉은 선생님과 가벼운 이야기도 나누었다. 그렇게 맛있게 밥을 먹는데 건너편에 홀로 앉은 아이가 보였다. 내가 가르칠 때 아무것도 안 하던 바로 그 아이였다. 혼자 떨어져 앉은 그 아이는 오전과 똑같은 얼굴이었다. 신나서 맛있게 먹는 아이들 사이에서 그 아이만 도드라졌다. 나는 조심스럽게 앞에 앉은 선생님에게 물었다.

"아까 저랑 수업했던 애 있잖아요."

"누구?"

"무뚝뚝했던 애."

"기윤이 말하는구나."

"수업 때도 그렇고, 밥 먹을 때고 그렇고, 기분이 안 좋은가 봐요."

선생님은 밥을 먹다 말고 뒤를 돌아보더니 긴 한숨을 내쉬었다.

"원래 기윤이가 보육원에서 가장 활달한 애였는데, 안 좋은 일이 있었어."

"무슨 일이 있었나요?"

선생님은 입을 꾹 다물고는 어떻게 할지 고민하는 듯했다.

"선생님, 말씀 안 해 주셔도 돼요."

"아니야. 뭐, 여기서 크는 애들은 정도 차이는 있지만 한 번쯤 겪는 일이라."

선생님은 고개를 살짝 돌려 기윤이를 보고는 말을 이었다.

"기윤이가 학교에서 친구들에게 놀림을 당했어. 보육원 거지라고……. 더구나 모르는 애들이 아니라 그전까지 가깝게 어울리던 친구들이 갑자기 그런 식으로 나오니 기윤이가 상처를 많이 받았나 봐. 우리는 그런 일을 많이 겪어서 그러려니 해. 여기 사는 애들은 자라다 보면 꼭 그런 비슷한 놀림을 당하니까. 기윤이도 그때가 온 거고. 그러면서 세상도 알게 되고 다른 애들보다 일찍 속이 커 버리지. 아프지만 어쩔 수 없어."

먹먹했다. 밥이 넘어가지 않았다. 기윤이를 놀린 놈들을 찾아서 실컷 때려 주고 싶었다. 굳은 얼굴로 고개를 살짝 숙인 채 억지로 밥을 먹는 기윤이가 불쌍했다. 그때 그 표정을 보았다. 애써 감춘 아픔과 슬픔과 분노가 삐죽이 밀고 나오는 걸 억지로 누르려다가 벌어지는 기묘한 뒤틀림이었다. 차라리 울거나 화를 내면 그러려니 했을 텐데, 완벽하게 감정을 숨겼다면 느끼지 못했을 텐데, 틈새로 새어 나오는 고통을 힘겹게 감추려고 애쓰는 티가 너무 나서 가슴이 아려 왔다. 그리고 두려웠다. 다시는 마주하고 싶지 않은 두려움이었다.

동생은 자신이 만든 빵을 선물로 나눠주고는 함박웃음을 지었다. 몇몇 애들과는 헤어질 때까지 장난을 쳤고, 다시 놀러오기로 약속까지 했다. 차를 타고 집에 가면서 동생은 엄마를 기쁘게 하는 말만 했다. 나는 내가 느낀 바를 솔직하게 말하지 않았다. 그냥 재미없고, 보람도 없었다고 둘러대면서 다시는 오지 않겠다고만 했다. 엄마는 크게 실망한 듯했지만 더는 강요하지 않았다. 그 뒤부터 지금까지 동생은 엄마가 보육원에 갈 때마다 따라갔고, 보육원 아이들과 스스럼없이 친구가 되었다. 지금은 따로 연락까지 한다. 나는 그 뒤로 기윤이가 어떻게 되었는지 전혀 모른다. 엄마에게 물어볼까 잠깐 고민도 했지만 그러려면 내가 느낀 아픔과 두려움도 자세히 설명해야 하는데, 그러고 싶지 않았다. 다시는 떠올리고 싶지 않았기 때문이다.

깊이 묻어 버렸던 기억이, 서은지를 통해서 어제 느낀 감정처럼 되살아났다. 다만 그때는 어린 마음에도 다시 마주치고 싶지 않았지만, 지금은 내가 커서 그런지 지켜보면서 버틸 만했다. 어쩌면 서은지도 기윤이와 같은 처지일까? 보육원은 아니지만 집안이 가난하다고 놀림을 당해서 싸움이라도 벌인 걸까? 그래서 강제전학을 당한 걸까? 그런데 서은지에게서는 가난한 냄새가 나지 않았다. 아주 비싼 학용품은 아니지만 싸구려 학용품을 사용하는 것도 아니었다. 학용품은 딱 필요한 만큼만 있어서 트집을 잡고 싶어도 잡을 거리가 없었다. 가방도 마찬가지로 비싸지도 싸구려도 아닌 여느 애들 것과 같은 평범한 가방이었다. 운동화도 양말도 깔끔했다. 옷도 깨끗했다. 부자인지 아닌지는 모르겠지만 가난한 구석이라고는 전혀 없었다. 그렇다면 도대체 뭘까? 아침에 담임 선생님이 내게 말해 주지 않았던 그 사정이란 무엇일까? 그걸 알려면 선생님 제안을 수락하는 수밖에 없었다.

한쪽 마음에서는 수락하라고 하고, 한쪽 마음에서는 거절하라고 했다. 마음이 둘로 갈라져 서로 내 몸을 끌어당겼다. 학생자치법정을 겨우 끝냈는데 또 이런 괴로운 선택이 내 앞에 놓이다니, 정말 곤혹스러웠다.

"에이, 모르겠다! 나중에 생각하자."

머리로만 떠올린 말이었는데 입 밖으로 나와 버렸다.

"뭘?"

예나가 물었다.

"아냐, 아냐! 그냥 갑자기 뭔가 생각이 나서."

"고민 있어?"

"아냐, 그냥 자치법정을 앞으로 어떻게 마무리할까 해서."

"오늘 교장 선생님 면담 끝나면 뭔가 답이 나오지 않을까?"

"그렇겠지? 참, 너도 올 거지?"

"응."

"그래 이따가 보자. 나는 지환이가 홍보물 나눠주는 거 도와 달라고 해서 학생회실에 가야 해."

나는 예나를 보내고 서둘러 학생회실로 갔다. 지환이가 몇몇 간부들과 함께 홍보물을 챙겨서 나왔다.

"늦었네. 미안!"

나는 홍보물 일부를 넘겨받고서 지환이와 같이 3학년 화장실 앞으로 갔다.

지환이는 전교학생회장이다. 지환이에게 설득당해서 나도 학생회 인권부 일을 하고 있다. 선거 때 지환이 공약 가운데 하나가 화장실 환경 개선이었다. 공약대로 화장실마다 자동 향기분사기를 설치했고, 화장실 휴지도 학생회 간부들이 나서서 꼼꼼하게 관리했다. 화장실 예절에 관한 예쁜 팻말도 만들어서 화장실마다 설치했는데, 내용도 좋지만 깔끔한 디자인이라 반응이 좋았다. 그 덕분에 한동안 화장실이 눈에 띄게 깨끗해졌다. 그러나 시간이 가면서 점점 예전 화장실로 돌아갔다. 며칠 전에는 학생회가 설치한 화장지를 통째로 빼내서 물에 뭉친 다음 화장실 천정에 집어던지는 일이 발생하기도 했다. 생활지도위원들이 단속은 하지만 단속만 해서는 개선하기 어려웠다. 그래서 학생회에서는 화장실과 관련한 홍보활동을 벌이기로 했다. 화장실 앞에서 학생회 간부들이 홍보물을 나눠주며 홍보를 하면 조금이라도 학생들 행동이 개선되지 않겠냐는 의견 때문이었다.

나와 지환이는 3학년 화장실 앞으로 가서 홍보물을 돌렸다. 홍보물을 나눠줄 때는 '화장실은 우리 양심입니다.', '남겨진 자리가 예쁜 사람이 진짜 예쁜 사람입니다.'와 같은 구호를 크게 말했다. 화장실을 들락날락거리는 많은 애들이 아는 척도 하고, 홍보물도 받아 갔다.

그때 서은지가 나타났다. 화장실에 들어갈 때 홍보물을 주면 화장실 안에 버리는 경우가 많았다. 그래서 나올 때 나눠주고 있었기에 들어가는 서은지가 내 앞을 스쳐 지나가도 홍보물을 주지 않았다. 서은지가 나올 때 주어야 하나 말아야 하나 짧은 시간 고민이 되었다. 괜히 어색했다. 모든 애들이 피하는 서은지에게 다가가서 '화장실은 우리 양심입니다.' 하고 외치며 홍보물을 주기도 그렇고, 서은지만 안 주기도 어색했다. 어떻게 할지 고민하는 사이 서은지가 화장실에서 나왔다. 내가 머뭇거리는데 서은지가 내 앞을 지나갔다. 그때 지환이가 다가오더니 "남겨진 자리가 예쁜 사람이 진짜 예쁜 사람입니다." 하고 크게 말하면서 서은지에게 홍보물을 주었다.

서은지는 지환이는 보지도 않고 홍보물을 받아들었다. 그러고는 제자리에 서서 잠깐 홍보물을 읽었다. 그다음 홍보물을 양손으로 잡더니 쭉 찢었다. 다시 접어서 찢고, 다시 접어서 찢어서는 홍보물을 조각조각 내 버렸다.

"야, 너 뭐냐?"

지환이가 황당해하며 물었다. 순간, 나는 선생님이 나눠준 알림장을 찢어서 주저 없이 휴지통에 버리는 장면이 겹쳐져 떠올랐다. 지환이 질문에는 대꾸도 않고 서은지는 다시 화장실로 들어가더니 입구에 놓인 휴지통에 찢은 홍보물을 버리고 나왔다.

"야! 이러면 안 되지!"

지환이가 대꾸도 하지 않는 서은지 팔뚝을 잡더니 재차 소리쳤다.

"뭐하는 짓이야? 이게!"

나는 지환이가 저렇게 화를 내는 모습은 처음 보았다. 항상 모범생이고 친구들과 관계가 좋았으며, 따져야 할 일이 있어도 화내지 않고 차분하게 말하는 모습만 봐 와서 그런지 나도 모르게 긴장이 되었다.

"이거 놔."

서은지 목소리는 낮고 차가웠다.

"사과해."

"내 손에 들어온 종이를 내 맘대로 했는데, 네가 무슨 상관이야."

"야! 아무리 그래도 대놓고."

"쓰레기 같아서 쓰레기통에 버렸는데, 뭐가 문제야?"

서은지는 조금도 뒤로 밀리지 않았다. 감정도 전혀 드러내지 않았다. 어떻게 저런 말을 그런 투로 내뱉는지 신기하기까지 했다.

"이게 쓰레기라고? 갈수록……."

"이따위 글을 읽고 애들이 화장실을 깨끗하게 쓸 거라고 생각하다니, 순진한 거니? 멍청한 거니?"

지환이는 입을 벌리고는 아무런 대꾸도 못 했다.

"이 손 놔. 이것도 폭력이야."

지환이가 손을 놓았다.

서은지는 흐트러짐 없는 자세로 걸어갔다. 지환이는 어처구니없어 하며 사라지는 서은지 뒷모습만 뚫어지게 쳐다볼 뿐이었다.

"쟤가 그 유명한 서은지지?"

나는 고개만 끄덕였다.

"듣던 것보다 인성이 더 쓰레기네."

지환이 입에서 처음 듣는 말이었다. 제대로 화가 난 모양이었다.

"미안해."

내가 괜히 지환이에게 미안했다. 그리고 서은지에게 또다시 정나미가 뚝 떨어졌다. 아무래도 선생님께 도울 수 없겠다고 말해야겠다. 돕고 싶은 마음도 도울 능력도 없었다. 지환이한테까지 저렇게 할 정도면 뻔하다. 어떤 사연이 있는지는 모르지만, 사람이 저러면 안 된다.

서은지가 지환이 앞에서 한 행동은 순식간에 전교생에게 소문이 났다. 심지어 선생님들도 알아 버렸다. 지환이가 워낙 학생들 사이에서 인기가 좋고, 선생님들 신뢰도 한몸에 받는지라 낙인 효과는 다른 애들과 일으킨 다툼과는 결이 달랐다. 지환이를 대놓고 들이받은 행동은 인성이 쓰레기임을 전교생에게 확실하게 인증하는 효과를 발휘했다.

나는 종례를 마치고 교장실로 가기 전에 담임 선생님을 찾아가서 솔직하게 말씀드렸다. 많이 고민했지만 도저히 마음이 내키지 않고, 할 능력도 없다고 했다. 지환이 일을 담임 선생님도 알고 있었기에 내 말은 충분히 설득력이 있었다. 선생님은 몇 마디 더 하면서 설득하려고 했지만 나로서는 받아들이기 힘들었다. 그때 선생님이 솔깃한 제안을 하나 했다.

"쌤이 자원봉사상 선정 담당이잖아. 네가 선생님 부탁을 들어주면 자원봉사상을 받게 해 줄게."

"아니, 도덕 쌤이 그래도 돼요?"

나는 웃으면서 말했지만 솔깃해지는 제안이었다.

"왜? 이게 정당하지 못하다고 생각하니?"

"좀 그렇지 않나요?"

내가 버릇없어 보일지도 모르지만 담임 선생님은 이런 대화를 편하게 받아 준다. 그래서 나도 솔직하게 내 생각을 표현했다.

"도움반 친구들을 위한 도우미 활동이나 은지를 돕는 거나 다를 게 없어. 너도 알겠지만 은지에게는 도움이 몹시 필요해. 이대로 두면 돌이킬 수 없는 일이 벌어질지도 몰라. 삐뚤어진 마음으로 엉뚱한 짓을 벌이기 전에 작은 도움이라도 주면 조금 낫지 않겠니?"

"엉뚱한 짓이 뭔데요?"

"그냥 조금 걱정되는 게 있어서."

선생님이 걱정하는 엉뚱한 짓이 뭔지는 끝까지 말해 주지 않았다. 나는 선뜻 수락을 못 하고 끝까지 망설였다.

"봉사 점수도 얻고, 봉사상도 받고, 그러면 네 진학에도 많은 도움이 되지 않겠어?"

진학이란 말이 나를 흔들었다. 아니 이미 심하게 흔들리고 있었다.

"쌤! 전 자신이 없어요. 스스로 찐따, 아니 외톨이가 되려고 작정한 애라서……."

"넌 잘할 거야. 쌤은 널 믿어."

04 메아리 없는 외침

그다음 날 아침, 자리를 바꿀 때가 되지 않았는데도 담임 선생님은 자리 배치를 바꿨다. 서은지와 내가 짝꿍으로 앉게 하려는 목적이었다. 둘만 바꾸면 안 되니 반 친구들 모두 자리 배치를 바꾸고, 내 앞뒤로는 성격이 원만하면서 나와 친한 애들을 배치했다. 여학생끼리 짝꿍이 나와 서은지만 되면 부자연스럽기에 남남 · 여여 짝꿍도 몇 쌍 만들었다. 몇몇 애들은 때도 아닌데 왜 바꾸고, 남남 여여 짝꿍은 또 뭐냐고 투덜거렸지만 선생님은 농담으로 받아넘기며 자리 배치를 마무리했다. 서은지 때문에 툭하면 짜증을 내던 안재성은 자리가 바뀌자 무척 기뻐했다.

대놓고 말하지는 않았지만 몇몇 애들은 나를 측은하게 바라보았다.

그런 시선은 무시했다. 선생님이 약속한 자원봉사상을 받으려면 흔들리지 않고 목표를 향해 나아가야만 했다. 마음 한켠이 약간 불편했지만, 담임 선생님 말대로 도움이 필요한 친구를 위한 도우미 활동은 분명한 자원봉사이기에 불편한 감정은 재빨리 털어 냈다.

일단 첫 접근이 중요했다. 자연스럽게 말을 걸어야 했다. 내 이름을 소개하며 반갑게 인사를 건네려다 멈칫했다. 서은지가 나를 이상하게 여길 듯했다. 다른 친구들이 자신에 대해 어떤 생각을 하는지 잘 알고, 전학 온 지 꽤 됐지만 나는 단 한 번도 말을 섞어 본 적이 없기 때문이다. 그런데 자리를 바꾸자마자 갑자기 친근하게 인사를 건네는 것은 내가 생각해도 어색했다. 잘못했다가는 선생님 의도를 서은지가 눈치챌 위험도 있었다. 그렇다고 새롭게 짝꿍이 됐는데 말 한마디 건네지 않는 것도 자연스럽지는 않았다. 이래저래 처음부터 많은 생각을 하게 만드는 상황이었다.

'내가 괜히 한다고 했어. 이래도 안 어울리고, 저래도 안 어울리는데……. 선생님은 뭘 믿고 나한테 이런 어려운 과제를 주신 건지……. 지금이라도 못 하겠다고 말씀드릴까?'

머뭇거리다 "안녕!" 하고 어색하게 첫 말을 떼고 말았다. 내가 듣기에도 어색한 억양이었다. 실수했다는 생각에 속이 부글부글 끓었다. 그러나 서은지는 아무런 반응을 보이지 않았다. 심지어 나를 쳐다보지도 않았다. 여전히 마네킹처럼 앉아 교과서에서 눈을 떼지 않았다. 뭘 어떻게 해야 할지 몰라 고민하는데 1교시 수업을 알리는 종이 울렸다. 이

소리가 그렇게 고마운 적이 있었을까? 첫 만남을 어떻게 끌어갈지 더는 고민을 하지 않아도 되기에 마음이 놓였다. 수업시간에도 서은지는 꿈쩍하지 않았다. 떨어진 자리에서 관찰할 때는 몰랐는데 옆에 앉아 있으니 숨이 막혔다. 안재성이 그동안 얼마나 힘들었을지 짐작이 갔다.

수행이라도 하면 그 핑계로 말을 걸어 보겠는데 1교시는 처음부터 끝까지 지루한 설명만 이어져서 더 답답했다. 나도 모르게 내 몸이 마네킹이 된 듯 뻣뻣해졌다. 똑같은 자세로 움직이지도 않고 처음부터 끝까지 수업을 듣기는 처음이었다. 하루 내내 흐트러짐 없는 자세를 유지하는 서은지는 대단하기보다는 지독한 쪽에 가까웠다. 조선시대 깐깐한 선비도 서은지처럼 하지는 못했을 것이다.

쉬는 시간이 되자 조심스럽게 몸을 풀고 기회를 엿봤다. 적당한 말을 고르려고 머리를 굴렸지만 여의치 않았다. 떠오르는 어휘와 표현은 모두 고리타분했고, 효과를 보기 어려운 것들뿐이었다. 내가 써먹을 만한 어휘와 표현이 이렇게 단조롭고 부족하다니, 내 자신이 몹시 실망스러웠다. 무슨 말을 할지 망설이는 사이에 쉬는 시간이 휘리릭 지나가 버렸다. 2교시에는 다행히 수행이 주어졌다. 짝꿍끼리 하는 수행이라 서은지에게 자연스럽게 말을 걸면 되었다.

"나, 채원이야. 박채원! 나 알지?"

서은지는 내 쪽에는 눈길도 주지 않았다.

"이거 같이 해야 하는데, 역할을 나눠서 할까? 아니면 같이 의논하면서 할래?"

서은지는 아무런 반응이 없었다.

"의논하면서 하기 싫으면 나눌까?"

차라리 학교에 오지 말고 너 닮은 마네킹을 가져다 놓지 그래?

"1, 3번은 내가 할 테니 너는 2, 4번 할래?"

반응 좀 하라고, 반응을!

속은 답답함에 타들어 갔지만 나는 애써 친절함을 잃지 않았다.

"싫어? 그러면 내가 2, 4번 할까?"

그때 서은지가 수행 과제가 적힌 종이를 가져가더니 1번 빈칸에 연필을 댔다. 그러고는 거침없이 1번 칸을 채워 나갔다. 나는 가만히 보기만 했다. 1번 칸을 다 채운 서은지는 종이를 나에게 넘겨주었다. 나는 서은지가 쓴 걸 꼼꼼히 읽었다.

"남이 쓴 거 읽으면서 검사할 생각하지 말고 네 거나 제대로 해."

처음으로 서은지가 내게 말을 걸었다. 물론 다정함이라고는 찾아볼 수 없는 서늘한 말이었지만 어쨌든 말을 걸어 주었다는 사실에 의미를 두었다.

"검사 아니야. 내용이 자연스럽게 이어져야 해서 읽어 보는 거야."

서은지가 뭐라고 대꾸할 줄 알았는데 가만히 있었다.

나는 1번 칸에 쓴 글과 흐름이 깨지지 않게 2번 빈칸을 채워 나갔다. 혹시나 서은지가 못 알아보는 글자가 있을까 봐 최대한 깔끔하고 바르게 적었다. 2번을 채우고 수행 과제 종이를 넘겨주었다. 서은지는 내가 쓴 글은 읽어 보지도 않고 곧바로 글을 쓰려고 했다.

“내 글, 네가 보기엔 어때?”

잠깐이었지만 멈칫했다.

“솔직히 내가 글쓰기에는 그리 자신이 없어서…….”

나는 있는 힘껏 나를 낮췄다. 나름 계산해서 한 말이었다. 서은지에게 자연스럽게 내 글을 읽게 만들 말이었고, 그것을 계기로 자연스럽게 이야기를 나눌 수 있으리라 기대했다.

“그렇게 자신 없으면 다시 써.”

서은지는 차갑게 말하고 거침없이 3번 칸을 채워 나갔다. 어이가 없어 뒤통수를 세게 때려 주고 싶은 마음마저 들었다.

“그게 아니라, 혹시라도 너한테 피해가 갈까 봐 그렇지.”

나는 초인과 같은 인내력을 발휘했다.

그러나 서은지는 내 말은 들은 척도 안 하고 자기가 맡은 과제만 끝내 버렸다. 글은 깔끔했다. 글씨체도 보기 좋아서 흠잡을 데가 없었다. 4번 과제는 조금 까다로웠다. 찬반 의견을 묻는 질문이었는데 의견을 정하기가 쉽지 않았다.

“어떤 의견이 더 좋은지 모르겠어. 네 생각엔 어느 쪽이 더 나아?”

“그걸 왜 나한테 물어?”

“같이 하는 과제잖아.”

“네가 4번 하기로 했으면 책임져. 나한테 떠넘기지 말고.”

매섭게 쏘아붙인 뒤 서은지는 아무렇지 않게 교과서를 다시 읽었다. 내가 과제를 제대로 하는지 여부에는 관심도 없었다.

'성질 같아서는 이걸 그냥!'

화가 났지만 나는 다시 한번 초인과 같은 인내력을 소환했고, 한쪽 의견을 선택한 다음 내 의견을 채웠다. 4번 칸을 모두 채웠지만 서은지에게 의견을 묻지는 않았다. 어떤 반응이 나올지 뻔했기 때문이다.

4교시까지 그런 답답한 상황이 이어졌다. 기회가 생기면 말을 걸었고, 과제가 주어지면 어떡하든 같이 해 보려고 했지만 모두 실패였다. 서은지는 곁을 내주지 않았고, 다가갈수록 점점 벽을 높이 쳤다. 그러는 사이 점심시간이 되었다. 나는 점심시간을 노렸다. 같이 밥을 먹다 보면 이것저것 얘기할 거리가 자연스럽게 생기리라 믿었다. 점심을 먹으러 가는 길에 친구들에게 미리 양해도 구했다.

"너, 괜찮겠어?"

"범죄자랑 먹는 것도 아닌데 뭘."

"범죄자가 차라리 낫지. 쓰레기니까 그렇지."

"야, 아무리 그래도 사람인데 쓰레기라니. 너무 그러지 마."

"어쭈! 짝꿍됐다고 자치법정에서 한 것처럼 또 변호하려는 거야?"

"변호는 무슨. 어쨌든 며칠만 봐 줘."

"너도 참, 웬 고생이냐?"

"봉사지, 뭐."

"크크크, 극한 봉사네!"

"자꾸 놀리면 네가 한다고 했다고 쌤한테 말해 버린다."

"헐! 날 죽이려고?"

"내가 무슨 죽을 짓이라도 하냐? 아, 은지가 저쪽에 있네. 미안!"

나는 급식을 받은 뒤 아는 애들을 찾는 척하다가 자연스럽게 은지 맞은편에 앉았다. 급식실이 넓지 않아 점심시간이면 빈자리가 거의 없이 꽉 차지만 은지가 앉은 구석 자리에는 아무도 앉지 않았다.

"앉아도 되니?"

은지는 못 들은 척하며 젓가락질만 했다.

"우리 학교 급식 맛있지?"

물론 응답은 없었다.

"햐, 오늘도 끝내주네."

꿋꿋하게 말을 이어갔다.

"엄마가 영양사 쌤한테 와서 배우면 좋겠어. 솔직히 엄마 음식 솜씨는 별로야."

어떻게든 자연스러운 대화를 만들어 내고 싶어서 마음에도 없는 말을 이어갔다. 안타깝게도 내가 어떤 말을 해도 반응은 없었다. 끝까지 혼자만 밥을 먹더니 훌쩍 일어나서 가 버렸다. 서은지가 급식실을 나가는 모습을 확인한 뒤에 젓가락을 놓아 버렸다. 속이 답답했다. 명치끝이 묵직했다. 체한 듯했다. 되지도 않는 짓을 그만두고 싶었다. 그때 친구들이 내 자리로 몰려왔다.

"괜찮냐?"

"불편해 보이네?"

"제대로 먹지도 못하고."

"속이 안 좋아?"

친구들이 걱정 어린 말을 쏟아 냈다.

"괜찮아! 첫날인데 뭐."

나는 억지웃음을 지으며 다시 젓가락을 집어 들었다. 친구들은 옆에서 수다를 떨며 즐거운 분위기를 만들어 주었고, 그 덕에 답답하던 속이 조금은 가벼워졌다.

점심 먹고 쉬는 시간에도, 오후에도 변화는 없었다. 내가 아무리 다가가도 서은지는 곁을 주지 않았다. 차라리 그만하라고 하면서 밀어내면 그 핑계로 그만두기라도 하겠는데 반응조차 없으니 그저 답답하기만 했다. 아마 그다음 날이 토요일이 아니었으면 곧바로 지쳐서 포기하고 말았을 것이다.

주말과 일요일에 기운을 충전하고 월요일에 다시 서은지에게 다가갔다. 집에서 쉬면서 떠올렸던 방법들을 써먹어 보기도 했지만 성과는 없었다. 일주일 내내 열심히 노력했지만 모두 실패였다. 금요일이 되자 나는 완전히 지쳐 버렸다. 더는 노력하고 싶지 않았다. 아니 노력할 기운조차 남지 않았다. 서은지 때문에 새로운 학생자치법정 준비도 인권부 차장인 최재훈에게 모두 맡겼는데, 아무런 성과가 없으니 재훈이에게 미안하고, 스스로도 무척 허탈했다. 마지막 하루만 해 보고 안 되면 그만 포기해야겠다고 마음을 굳혔다. 이 정도면 내가 할 만한 노력은 충분히 했다는 판단이 들었다.

포기하기로 결심하니 마음이 가벼웠다. 일찌감치 교실에 온 나는 옛날 짝꿍인 창훈이와 농담 따먹기를 하며 놀았다. 창훈이는 내 앞자리였다. 옆자리에서는 이하영, 정민채, 송연빈이 어울려서 화장을 하고 있었다. 셋은 늘 함께 다닌다. 우리 반은 원하는 화장은 하고 싶은 대로 다 하기로 학급자치규칙을 정했다. 화장을 완전히 허가하는 대신에 아침과 점심을 빼고 교실에서 일절 화장품을 꺼내지 않기로 정했다. 그렇기에 아침 시간에는 이곳저곳에서 화장을 하는 애들이 많았다.

그때 서은지가 앞문으로 들어왔다. 어제까지만 해도 서은지가 나타나면 신경이 곤두섰지만 포기하기로 했기에 서은지가 들어와도 아무렇지 않았다. 눈이 부시던 외모도 계속 보니 그저 그랬다. 서은지가 들어와도 아무도 관심을 주지 않았다. 존재하지만 눈에는 보이지 않는 투명인간이나 다름없었다.

"이리 줘 봐."

"야, 비싼 거란 말이야."

"너한테 안 어울려."

"아직 나도 안 써 봤어."

이하영이 정민채 블러셔를 뺏더니 손을 통로 쪽으로 뻗었고, 정민채는 그걸 뺏으려고 이하영을 붙잡고 늘어졌다. 그 옆에 앉은 송연빈은 낄낄거리며 즐거워했다. 여자애들 사이에 흔히 벌어지는 장난이었다. 이하영이 블러셔를 쥔 손을 이리저리 흔들면서 정민채에게 뺏기지 않으려 했고, 정민채는 이하영 팔뚝을 잡아당기며 블러셔를 되찾으려 했다.

그때 서은지가 자리에 앉기 위해 걸어왔는데 하필이면 블러셔를 쥐고 흔들던 이하영 손과 부딪치고 말았다. 이하영 손에 있던 블러셔가 바닥으로 떨어졌다.

"앗!"

이하영이 놀라서 소리를 질렀다.

"뭐야?"

정민채도 놀라며 이하영 팔뚝을 얼른 놓았다. 나도 놀라서 재빨리 바닥을 살폈다. 이하영은 정민채가 쓰려고 하던 블러셔를 빼앗아 장난을 쳤기에 블러셔는 뚜껑이 열린 채 바닥으로 떨어졌고, 결과는 처참했다. 분홍빛 블러셔 가루와 조각이 교실 바닥 곳곳에 흩뿌려졌다.

"어떡해!"

이하영이 재빨리 블러셔를 집어 들었지만, 블러셔에는 내용물이 반밖에 남아 있지 않았다.

"나 어떡해! 엄마 졸라서 백화점에서 겨우 산 건데."

정민채가 두 손으로 얼굴을 감싸더니 책상에 엎드렸다.

"야! 너 때문이잖아! 이런 씨~!"

이하영이 갑자기 서은지에게 버럭 화를 내며 욕을 했다.

갑작스럽게 당한 일이라 당황할 만한데 서은지는 눈빛 하나 변하지 않았다. 첫날 애들이 예쁘다며 열광했을 때, 지환이와 충돌했을 때, 나를 냉정하게 밀어냈을 때와 똑같았다.

"너희끼리 장난치다 사고 쳐 놓고 나한테 뒤집어씌우지 마."

늘 그렇듯이 냉정하게 쏘아붙이고 자리에 앉았다. 그러고는 아무렇지 않게 교과서를 꺼냈다.

"뭐? 이 싸가지가 정말? 네가 피했어야지. 뻔히 우리가 장난치는 줄 알면서 피하지도 않고 곧장 왔잖아?"

이하영이 매섭게 몰아붙였다.

"억지 부리고 싶으면 계속 억지 부려. 억울하면 학폭위에 신고하고."

"이 쌍~! 얼굴 믿고 나대는 게."

자존심 센 이하영은 예전에 당했던 억울함까지 통째로 꺼내서 서은지를 몰아붙였다.

"더는 욕하지 마."

서늘한 목소리는 조금도 흔들림이 없었다. 어투가 딱 그거 하나밖에 없는 사람 같았다. 첫날부터 지금까지 어투는 한결같았다. 그러고는 서은지는 품에서 조금 두툼한 볼펜을 꺼냈다. 그러고는 꼭지를 눌렀다.

"이제부터 녹음하니까 뒷감당할 자신 있으면 계속해."

품안에 볼펜처럼 생긴 녹음기를 들고 다니다니!

"5월 ◯일, 월요일, 아침 조회 시간 바로 전, 늘품중학교 3학년 1반 교실. 상대는 이하영."

서은지 말소리가 기계음처럼 들렸다.

"뭐 하는 짓이야?"

이하영은 당황한 기색이 역력했다.

"파일 속성에 날짜와 시간이 나오지만, 더 확실하게 하기 위해서 하는 거야. 욕하고 싶으면 실컷 해."

서은지는 아무렇지 않게 하영이를 마주보았다. 서은지 눈빛에서 냉기가 뿜어져 나왔다. 이하영은 이미 기세에서 밀리고 있었다.

"채원아! 너도 봤지? 이 녀~ 아니 서은지가 뻔히 내 손을 보고도 그냥 걸어오는 거 봤잖아. 안 그래? 봤지?"

이하영이 갑자기 나를 끌어들였다. 도대체 뭐야? 나는 왜 싸움에 끌어들이는 건데? 더구나 녹음까지 하고 있는데.

"글쎄, 그게……."

나는 뭐라고 말해야 할지 갈피를 잡을 수 없었다. 원인 제공은 이하영이다. 그렇지만 서은지는 뻔히 보면서도 그냥 직진했다. 멈추거나 몸을 피할 여유는 있었다. 그러나 서은지는 아랑곳하지 않고 걸어왔다. 그렇다고 블러셔가 떨어진 책임을 물을 수는 없을 듯했다. 손을 휘저은 당사자는 이하영이기 때문이다.

졸지에 모든 시선이 내게 모아졌다. 수많은 애들이 수군거리며 내 입을 주목했다. 이하영이 얍삽한 수를 썼다. 자기 문제인데 구경꾼인 나를 끌어들이다니, 그러다가 머릿속에서 번개처럼 한 가지 생각이 스쳐 지나갔다.

"내가 보기에 은지는 잘못 없어."

"뭐?"

이하영 눈이 커지고 미간에 주름이 잡혔다.

"너, 지금 내 잘못이라는 거야?"

"그럼 아니야? 네가 장난치다가 블러셔를 휘둘렀잖아, 그러다 부딪쳐서 놓쳤고."

"지금 짝꿍이라고 편드는 거야?"

어처구니가 없었다. 화가 치밀었다. 더러워서 피했더니 자기를 무서워하는 줄 아는 모양이었다.

"야! 어디서 말을 함부로 해?"

나는 자리에서 벌떡 일어났다.

"네가 실수해 놓고 왜 남 탓을 해? 너야말로 괜히 민채 블러셔를 망가뜨려 놓고 책임지기 싫으니까 은지한테 떠넘기려는 거잖아? 전학생이라고 만만하다는 거야?"

이하영 얼굴이 심하게 일그러졌다. 꾹 쥔 손이 부들부들 떨렸다. 뒤에 있던 송연빈이 이하영을 잡아끌며 말렸다.

"야! 선생님 오셔."

"바닥 닦아라. 빨리."

뒷자리에 앉아 있던 내 친구 소예가 재빨리 물티슈를 꺼내 바닥을 닦았다.

나는 깊이 숨을 들이마시고 자리에 앉았다. 서은지는 꼭지를 눌러서 녹음기를 끄더니 교복 안으로 깊이 집어넣었다. 철두철미했고 꼼꼼했다. 마치 이런 일을 여러 번 해 본 듯 어색함이 없었다.

선생님이 조회를 하는 동안 나는 차분히 마음을 가라앉혔다. 이하영과 벌인 싸움은 전혀 걱정하지 않았다. 나는 이하영보다 훨씬 친구가 많고, 내 친구들은 공부도 잘하고 인기도 많다. 또한 송윤정 선생님, 최미경 선생님, 학생주임 선생님 등 나를 아껴 주는 선생님들도 많다. 서은지를 도와주라고 따로 부탁할 정도로 담임 선생님과도 친하다. 그렇다고 친구나 선생님들이라는 배경만 믿고 내가 이하영을 만만하게 본 것은 아니다. 이하영처럼 겉으로만 센 척하는 애들은 강하게 나가면 금방 꼬리를 내린다. 자존심만 내세우며 잘난 척하고, 드센 척하는 애들은 약자에게는 잔인하게 굴지만 자기보다 강하면 절대 나대지 않는다.

나는 내가 한 행동이 과연 서은지에게 어떤 영향을 끼쳤을지 궁금했다. 서은지가 녹음을 하는 등 예상치 못한 대응을 하기는 했지만 반 전체가 싫어하는 아이 편을 드는 것은 쉽지 않은 결정이었다. 블러셔가 떨어진 사건만 해도 피하려고만 했으면 충분히 피할 수 있었는데 막무가내로 걸어온 서은지 탓도 있었다. 그럼에도 나는 서은지 편을 들었다. 이하영과 맞서면서까지 내가 자기편을 들어주면 서은지가 조금은 나를 다르게 봐주리라 믿었다. 짧은 순간이었지만 좋은 기회라고 판단했다. 마음을 비우니 좋은 기회가 왔다고 믿고 나는 모험을 시도했다. 서은지와 한 발자국이라도 가까워진다면 이하영과 겪는 갈등 정도는 감수해도 괜찮다고 생각했다.

종례를 마치고 선생님이 나갔다. 나는 이때다 싶었다.

“괜찮니?”

자연스러웠다. 상황에도 맞았고, 단어도 적절했고, 말 빛깔도 어색하지 않았다. 말하고 난 뒤 표정도 알맞게 지었다. 입을 꾹 다문 채 지나치게 환하지도 않고 딱딱하지도 않은 적당한 표정이었다. 그러고서 나는 조금은 다른 반응을 기대했다. 큰 변화는 아니지만 고맙다는 말만 들어도 괜찮았다. 아니다. 그 정도가 아니어도 좋다. 나를 이전과 다른 눈빛으로 봐주기만 해도 괜찮았다. 그 정도 변화만 있다면 내 노력에 대한 보상으로 충분했다. 가능성만 보여도 나는 포기하지 않고 선생님과 한 약속을 지켜 나갈 자신이 있었다.

"그런 거짓 친절은 지겨우니까 그만해."

나는 내가 마치 마네킹이라도 된 듯이 그대로 굳어 버렸다. 똑같은 억양이었지만, 한결같은 냉기였지만, 그 말을 받아들이는 내 심장은 평소보다 훨씬 더 아렸다. 이전까지는 답답하기는 했지만 그래도 서은지에 대한 나쁜 감정은 없었는데 속이 확 뒤집어졌다. 모두가 미워하고 욕해도 나는 그렇게 하지 않으려고 노력했는데, 처음으로 서은지가 나빠 보였다. 아니 사악해 보였다.

"아니, 어떻게 그런 말을……. 나는 네 편을……."

차라리 그 말을 하지 말아야 했다. 그 뒤에 되돌아온 말은 나를 더욱 아프게 했다.

"내 편인 척하지 마!"

"사람을 그렇게 못 믿니?"

"나는 사람을 믿지 않아. 아무도!"

"엄마 아빠도?"

"못 들었니? '아무도'라고 했잖아."

더는 말을 잇지 못했다.

화도 났지만 그 못지않게 궁금증이 일었다. 아무도 믿지 않다니, 은지는 어떤 일을 겪은 걸까? 도대체 어떤 상처가 은지를 저렇게 만들어 버렸을까? 나는 궁금증을 참지 못한다. 안 그래도 호기심이 많은 편이었는데 자연과학부에서 활동하며 질문하고 탐구하는 습관을 기르다 보니 더 강해졌다.

아무래도 친구들 도움을 받아야겠다고 생각했다. 인간관계가 넓은 예나, 공부도 잘하고 차분한 정린이, 밝고 맑은 나은이, 싹싹하면서도 굳센 진아, 생각이 깊은 나현이, 춤 잘 추고 말주변 좋은 현지, 장난기 많지만 심성은 착한 창훈이, 바르고 배려심 넘치는 수혁이, 모두 내가 부탁하면 뒷말 않고 도와줄 친구들이었다. 아무리 서은지가 못마땅해도 내 부탁이면 그래도 도와줄 친구들이었다. 학생회장인 지환이는 가장 큰 도움을 줄 수 있겠지만, 쓰레기통 사건 이후로 서은지라면 꼴도 보기 싫어해서 도움을 청하기 어려웠다.

먼저 친구들에게 어떻게 도움을 요청할 것인지를 정해야 했다. 무조건 도와 달라고 해서 될 일이 아니기 때문이다. 차분히 생각을 먼저 해야 한다. 그리고 방법을 찾아야 한다. 다음 날이 토요일이니 그동안 서은지를 보면서 내가 파악한 사항을 먼저 정리하기로 했다. 그러면 도움이 필요한 지점이 보일 것이다. 그런 다음 친구들과 머리를 맞대고 방법을 모색해 봐야겠다. 여전히 서은지는 나를 외면하고 있지만, 그래서 서운하기도 하지만, 그래도 자기 속내를 처음으로 드러낸 것처럼 느껴진다. 그것만으로도 큰 진전이다. 하다 안 되면 그때 그만두면 된다고 마음 편하게 생각했다. 엄마는 툭하면 나를 걱정쟁이라고 놀려대는데, 그런 나로서는 엄청난 결심을 한 것이다.

그러나 이런 내 계획은 그날 하루가 다 지나기도 전에 산산이 부서지고 말았다.

여느 때와 같이 친구들과 같이 나가려는데 예나가 우리끼리 늘 모이는 곳으로 오지 않았다. 연락을 해도 받지 않았다. 아무 말 없이 먼저 갈 예나가 아니었기에 친구들과 함께 수다를 떨며 예나를 기다렸다. 20분쯤 기다리니 예나가 씩씩대며 나타났다.

"왜 이렇게 늦었어?"

"뭔 일 있어?"

걱정스럽게 물었다.

"채원이 네 짝꿍……."

"은지가 왜?"

"그 개쓰레기가……. 참 나, 정말 짜증 나!"

예나는 화가 치미는지 말을 잇지 못했다. 예나가 저렇게 화내는 모습은 전에 딱 한 번 보았다. 바로 순박하고 덩치 큰 절친 한성욱이 쓰레기 이준석 때문에 강제전학을 당했을 때였다. 화가 난 예나는 일진 친구들까지 동원해서 이준석을 철저히 고립시켰고, 그 뒤로 이준석은 친구 한 명 없이 외톨이로 지낸다. 철저하게 복수를 했음에도 예나는 아직도 이준석이라고 하면 이를 간다.

"무슨 일인데?"

"그 개쓰레기가… 원석이를 … 성추행으로 생활지도위원회에 고발했어."

김원석은 우리 학교 일진인데, 예나와 어릴 때부터 친하게 지냈다. 예나가 없었다면 김원석은 진즉에 큰 사고를 쳐서 학교에서 쫓겨났을 말썽꾼이다. 예나 말로는 가정 형편이 꼬이는 바람에 하는 짓이 삐딱해졌지만 성품은 착하다고 했다. 예나와 같이 몇 번 만났는데 내가 보기에도 인성이 그리 나빠 보이지는 않았다.

예나는 화를 겨우 가라앉히더니 자초지종을 설명했다.

점심을 먹고 원석이와 어울리는 몇몇 애들이 급식실 옆 텃밭에서 놀고 있었다고 한다. 학생자치법정에서 그전 벌칙과는 다른 실효성 있는 벌칙을 만들자는 제안이 나왔고, 생활지도위원회에서 새롭게 만든 벌칙 가운데 하나가 텃밭 가꾸기였다. 원석이는 텃밭 벌칙을 가장 먼저 받았는데 의외로 텃밭 가꾸기에 재미를 붙였고 좋아했다. 그러면서 벌칙을 받지 않아도 텃밭에 가서 이것저것 돌보기도 하고, 일이 없어도 어울리는 무리들과 텃밭 근처에서 놀았다. 점심을 먹고 나서 원석이와 무리들이 텃밭에서 노는데 서은지가 그 옆을 지나간 모양이었다. 건물에 들어오면 교실과 화장실, 급식실 외에는 가지 않는 서은지였는데 점심때 왜 그곳에 갔는지는 알 수 없었다.

아무튼 서은지가 껄렁껄렁하게 노는 원석이 무리를 지나가는데, 원석이와 무리들도 서은지 소문을 익히 알기에 자기들끼리 뭐라고 하면서 쑥덕거렸다고 한다. 지나가던 서은지는 가만히 멈춰 서서 원석이 무리를 노려봤고, 원석이는 "뭘 보냐?" 하면서 서은지를 위아래로 훑어봤다고 한다.

"그러니까 개쓰레기가 뭐라고 했는 줄 알아? 시선강간이라는 거야! 자기를 위아래로 훑어보면서 나쁜 소리를 해댔다고."

"원석이가 무슨 야한 말이라도 한 거야?"

"말도 안 되는 소리 마! 원석이는 그런 애 아니야! 걔는 야동도 안 본다고. 너희도 알듯이 원석이는 여자애들한테는 예의를 잘 지켜. 심지어 남자애들이라면 흔히 하는 여자들 외모 평가도 하지 않는 애라고. 그런 애가 인성도 개판인 개쓰레기를 보고 야한 소리를 왜 하냐고."

"그런데 은지는 왜 그런 거야?"

"내가 알아? 야한 말을 한 것도 아니고, 그냥 눈빛이 싫으면 성추행이야? 뭐 그딴 게 다 있어?"

"김영권 쌤은 뭐라고 하셔?"

"뭐라고 하긴, 일단 고발이 들어왔으니 조사를 한대잖아. 그래서 나를 부른 거고. 아, 그, 허, 내, 정말!"

예나는 다시 화가 치솟는지 숨을 거칠게 내쉬었다.

"성욱이가 당할 때는 내가 어쩌지 못했지만 이번에는 가만 안 있을 거야."

성욱이가 이준석 속임수에 당해서 학폭위에 올라갔을 때, 강제전학

당하는 것만은 막기 위해 예나는 발 벗고 나섰다. 우리도 나서서 성욱이를 변호하는 진술서를 쓰고, 서명도 많이 받아서 제출했다. 그렇지만 예나와 우리 노력은 학폭위 결정에 아무런 영향을 끼치지 못했다. 성욱이가 강제전학을 가고 나서 얼마 뒤에 학교에 찾아와 급식을 같이 먹은 적이 있었다. 그때 성욱이는 펑펑 울면서 급식을 먹었고, 예나는 성욱이를 보낸 뒤 먹은 음식을 모조리 토하기도 했다.

그런 예나이기에 또 다른 절친인 원석이가 비슷한 일을 당할까 봐 분노하고 있었다. 예나로서는 당연한 분노였다. 그리고 그것은 내 계획이 끝장났다는 뜻이기도 했다. 예나가 서은지에게 저런 분노를 품었는데 다른 친구들에게 도움을 요청할 수는 없었다. 나도 더는 서은지를 돕기 싫었다. 예나는 가장 소중한 친구이기에 서은지보다 몇 백만 배는 더 중요했다. 서은지 따위는 예나에 견줄 존재가 아니었다.

05 난 불쌍한 사람이 아니야

월요일 점심, 나는 급식을 먹고 교무실로 찾아가 담임 선생님에게 면담을 요청했다. 나는 그동안 했던 내 노력과 서은지가 보였던 반응, 관찰을 통해 파악한 사실을 있는 그대로 말했다. 지환이가 겪은 일, 이하영과 내가 다투게 된 사건, 예나와 얽힌 사연을 자세히 전했다. 특히 예나와 내 관계를 설명하면서 내가 서은지를 계속 돕는 것은 우정을 배신하는 짓이기에 더는 선생님 말씀을 따르지 못하겠다고 힘주어 말했다.

"애썼네. 역시 쌤이 너를 잘 봤어."

"쌤, 칭찬은 고맙지만 전 못 해요."

"아니야. 아무리 봐도 너밖에 없어. 너는 네 능력을 잘 몰라."

"띄워 주시지 않아도 돼요. 그리고 쌤 말씀처럼 제가 능력이 돼도 예나 때문에 안 돼요. 아니 싫어요. 은지를 돕는 건 예나를 배신하는 짓이란 말이에요."

"예나한테는 쌤이 잘 말할게. 너는 예나 걱정하지 말고 힘들더라도 은지를 조금만 도와줘. 쌤이 부탁할게."

"예나를 잘 모르셔서 그러는데, 예나가 전에 성욱이랑……."

"쌤이 그 일을 모를 거라고 생각하니?"

"다 아시면……."

"원석이 걱정은 안 해도 돼. 해 봐야 텃밭에서 일하는 벌칙으로 끝날 거야."

"성추행으로 고발당했는데 어떻게 그렇게 장담하세요?"

"서은지가 어떤지 선생님들도 다 알기 때문에 서은지 말만 믿고 원석이를 벌줄 만큼 선생님들이 어리석지는 않거든."

"선생님들이야 그럴지 몰라도 학폭위는 다르잖아요?"

"학폭위에 올리지도 않겠지만 올라가더라도 강한 처벌이 내려질 가능성은 전혀 없어. 서은지에 대한 그전 학교 자료가 있거든."

자료라는 말에 조금 안심이 되었다. 그러나 내가 겪은 서은지는 그 정도로 포기하지 않을 애였다. 철두철미하고 독했다. 볼펜 녹음기도 가지고 다니지 않는가? 학폭위에서 제대로 처리 안 되면 성추행이기에 경찰서까지 갈지도 모른다.

"혹시 경찰에 고발하면 어떡해요?"

"별 걱정을 다 하네."

"아니에요. 제가 본 은지는……."

"그것도 걱정 마. 경찰 쪽에도 자료가 다 있으니까."

도대체 서은지가 무슨 짓을 했기에 경찰에도 서은지 자료가 있다는 걸까?

"무슨 일인지는 말씀 안 해 주실 거죠?"

"해 줄 수는 있는데, 네가 들어서 좋을 건 없어."

"저 입 무거워요."

"물론 쌤은 너를 믿어. 그렇지만 지금은 하지 않는 쪽이 낫다는 게 쌤 판단이야. 네가 들으면 오히려 선입견이 생겨서 안 좋을 거야. 기회가 되면 말해 줄게. 쌤이 부탁할게. 너 아니면 은지를 도울 사람이 없어."

선생님이 그렇게까지 말하는데 차갑게 거절할 수는 없었다.

"예나한테 꼭 제대로 말씀해 주세요."

"걱정 마!"

담임 선생님은 종례를 마치고 예나를 따로 불렀다. 나는 친구들과 같이 예나를 기다렸다. 30분쯤 뒤 예나가 나타났다. 표정은 한결 편해 보였다. 예나는 면담 내용을 대강 간추려서 알려 주었다. 그리고 내가 서은지를 돕는다고 해도 자신과 우정은 변함없다고 선언했다. 모처럼 찾아온 개운함이었다.

"야, 저기 서은지 아니야?"

진아가 손가락으로 가리켰다.

서은지가 김영권 선생님과 걸어 나오는 모습이 보였다. 김영권 선생님은 우리 학교 생활지도위원회를 책임지고 있다. 그 무뚝뚝한 김영권 선생님이 손까지 흔들며 배웅을 했지만, 서은지는 선생님에게 인사도 않고 변함없는 자세로 혼자 걸어 나갔다.

"성추행 신고 때문이었나 보네."

"보니까 잘 달래서 보내는 것 같지?"

"그러게."

"재도 참 불쌍하다."

예나 입에서 불쌍하다는 말까지 나오다니, 마음이 쓰렸다.

"아무래도 은지한테 가 봐야겠어."

내가 말했다.

학교 밖에서 은지와 단둘이 만나서 얘기할 기회였다. 내 마음이 어느 때보다 가볍고 편하기에 부담 없이 대화를 나눌 수 있을 것 같았다.

"괜찮아!"

"가 봐!"

"꼭 성공해!"

나는 친구들 격려와 지지를 받으며 서은지를 쫓아갔다.

서은지는 학교 밖에서도 똑같은 자세로 걸어갔다. 나는 빠르게 따라가다가 숨을 가다듬고 천천히 거리를 좁혔다.

"어! 이제 가는 거야?"

우연히 마주친 척했다.

대답이 없었다. 그런 반응은 익히 예상했기에 아무렇지 않았다.

"집이 어디야?"

역시 답이 없었다. 답을 기대하고 물어본 말도 아니었다.

"하, 배고프다! 넌 배 안 고파?"

얼른 갖고 있는 돈을 계산했다. 둘이 넉넉히 먹을 만큼 돈이 있었다.

"저기 분식집 불닭떡볶이 엄청 맵고 맛있는데, 같이 먹을래?"

그때 서은지가 우뚝 섰다.

그러고는 나를 빤히 보았다.

"먹으러 가자. 매우면서도 달콤해서 속이 확 풀려."

나는 입을 꾹 다물고 눈을 깜박였다.

"그만해."

낮고 차가웠다.

"에이~ 그러지 말고 먹자."

"그만하라고 했잖아."

말투는 매서웠지만 나는 아무렇지도 않았다. 그 정도 뻔한 거부에 물러설 생각도 없었다. 나는 더 밝게 나갔다.

"그냥 한번 먹어 봐. 진짜 맛있다니까."

"쌤이 시켜서 이러는 거잖아. 쌤한테 잘 보이려고 하는 짓인지 다 알아. 아니까 그만 둬. 이러는 거 딱 질색이니까."

들떴던 기분이 바닥으로 처박혔다. 얼굴도 굳어졌다. 솔직히 찔리기도 했다. 어떻게 알았는지 모르겠다. 하긴 서은지 정도로 예민한 성격이면 내가 하는 행동을 보고 눈치를 못 채는 게 더 이상할지도 모른다. 이럴 때는 거짓말을 하면 안 된다. 나는 솔직하게 말했다.

"맞아. 처음에는 쌤이 부탁해서 한 거야. 그렇지만 지금은 아니야. 그냥 너를 돕고 싶어서……."

"그만해!"

서은지가 큰 소리로 말했다. 애들과 싸울 때도 흔들림 없던 목소리가 처음으로 톤이 높아졌다.

"내가 거지야? 내가 도움을 받아야만 하는 사람이야?"

아무래도 '도움'이라는 단어가 은지를 자극한 듯했다.

"나를 불쌍하게 취급하면서 돕는 척하는 연민, 지긋지긋하니까 그만해."

"너를 불쌍하게 여기는 게 아니야."

나는 입술을 깨물었다.

"불쌍한 나를 도와준다면서 우월감을 느껴서 행복하니? 나를 도우면서 너는 착한 사람이 되니 아주 좋지? 너는 네 양심에 착하다는 증거가 되어 줄 알리바이를 만들고 있을 뿐이야. 나는 네 알리바이 따위는 되고 싶지 않으니까, 그만해."

"알리바이 아닌데……."

"그만하라고! 제발 그만하란 말이야!"

서은지가 있는 힘껏 고함을 질렀다. 목소리가 떨려 나왔다. 입술도

심하게 떨리더니 파르스름해졌다. 왼손은 보기 불안할 정도로 격렬하게 떨렸다. 은지는 오른손으로 왼손을 세게 붙잡았다. 그럼에도 떨림은 멈추지 않았다.

"됐으니까 그만해."

은지가 가쁜 숨을 쉬었다.

"내 일은 내가 알아서 할 테니 간섭하지 마. 그런 눈으로 쳐다보지도 마. 그런 싸구려 동정 따위는 받고 싶지 않아."

은지는 왼손을 오른손으로 꽉 붙잡은 채 비틀거리며 걸음을 옮겼다. 나는 어찌할 바를 모르고 그 자리에 가만히 서 있었다. 이걸 어떻게 받아들여야 할지 알 수가 없었다. 은지가 가 버리고 몇 분이 지난 뒤에야 겨우 정신을 차렸다. 나는 고개를 절레절레 저었다. 단순히 학교에서 친하게 지내서 해결될 문제가 아니었다. 내 모든 시간과 에너지를 다 쏟아부어도 이룰 가능성이 거의 없는 과제였다. 선생님은 잘못 판단했다. 내 깜냥은 서은지를 감당할 수준이 아니었다.

내가 그렇게 한가한 것도 아니었다. 초등 6학년 때 생긴 내 꿈을 이루기 위해 중학교 생활 내내 엄청난 노력을 했다. 목표로 하는 고등학교가 생긴 뒤로는 일부러 인권부까지 맡아서 스펙을 쌓았다. 선생님 부탁을 받아들인 것도 자원봉사상이라는 대가가 컸다. 자원봉사상을 받으면 내가 목표로 한 고등학교 진학에 큰 도움이 되리라 여겼기 때문이다. 내 꿈은 나에게 가장 소중하고, 꿈을 이루기 위해 나는 반드시 내가 목표로 한 고등학교에 진학해야만 한다. 나에겐 더할 나위 없이 중요한 시기였다. 목표를 이루기 위해 작은 시간도 쪼개고 늘려서 공부에 집중해야 할 때였다. 내가 어떻게 해 볼 능력도, 방법도 없는 대상에게 마음을 쓰느라 내 인생에서 가장 중요한 과제를 망치고 싶지 않았다. 내 결심은 확고해졌다.

나는 담임 선생님에게 곧바로 전화를 걸었다.

"쌤, 더는 못 하겠어요."

"은지랑 무슨 일 있었니?"

나는 조금 전에 은지가 쏟아 낸 말을 들은 그대로 전했다.

전화기 너머로 깊은 한숨이 들렸다.

"너한테 말하지 않으려고 했는데, 아무래도 해야겠다. 괜찮겠니?"

"듣고 싶지 않아요. 전 감당 못 해요."

"그래! 알아! 그냥 들어보고, 네 마음이 이끄는 대로 결정해. 네가 못 하겠다고 하면 선생님도 더는 부탁하지 않을게. 지금 교실로 다시 와 줄 수 있을까?"

선생님이 그렇게까지 말하는데 듣지도 않고 거절할 수는 없었다.

나는 다시 터덜터덜 교실로 돌아왔다. 아무도 없는 교실에 앉아 있는 담임 선생님 표정이 복잡해 보였다.

"은지에겐 상처가 있어. 은지가 솔직하게 털어놓지 않아서 근본 원인이 뭔지 모르지만, 부모님과 사이가 안 좋은 걸 보면 아마 어린 시절에 무슨 일이 있었던 것 같기는 한데, 그것까지는 쌤도 잘 몰라."

나도 그럴 거라는 어림은 했다.

"우리 학교에 와서 하는 행동이나 말을 보면 알겠지만, 그 전 학교에서도 심했나 봐. 그나마 우리 학교 학생들은 순한 편이라 그냥 피해 버리고 말지만 그쪽에서는 사사건건 다툼을 벌였대. 공부도 잘하고 예뻐서 선생님들이 아꼈는데, 자기한테 잘해 주는 선생님들한테도 대들었나 봐. 상담도 받았는데 우울증에 분노조절장애가 있다는 진단까지 받았어."

"그럼 병원에 가 봐야 하는 거 아니에요?"

"학교에서는 그것도 권유했는데 부모님도 은지도 거부했어. 아마 병원에 갈 정도로 심각한 상태는 아니라고 판단하신 듯 해. 아무튼 은지가 다니던 학교가 그 지역에서 명문 사립중학교로 유명한 학교인데, 은지가 사사건건 마찰을 일으키니 학부모들이 민원을 많이 넣었나 봐. 예쁘고 공부 잘한다고 봐주는 거냐면서 그런 애를 왜 징계 안 하냐고."

들으면 들을수록 내가 감당 못 할 상대란 생각이 확고해졌다.

"어떤 이유 때문인지는 모르지만, 결국 자살 시도를 했나 봐."

가슴이 철렁했다.

"자살 시도까지 했는데도 은지는 상담을 거부했어. 부모님들도 딸이 정신병원에 가는 꼴은 못 본다면서 거부했고. 결국 그 학교 선생님들은 더는 은지를 감당할 수 없다고 결론을 내리고 다른 학교로 보내는 결정을 한 거야."

가슴이 먹먹했다.

"사정을 다 알았기에 처음에는 우리 학교에서도 받지 않으려고 했어. 내가 그쪽 학교에 아는 선생님이 있는데 사정을 듣고 내가 어떻게든 노력해보겠다고 교장 선생님께 말씀드려서 은지가 우리 학교에 오게 된 거야. 쌤이 너한테 부담스러운 부탁을 한 거 알아. 그리고 쌤도 많이 노력하고 있어. 나뿐 아니야. 최미경 쌤과 송윤정 쌤도 어떻게든 도와주려고 노력하고 있어. 심지어 영양사 쌤까지도 나섰어. 은지가 원석이랑 부딪친 것도 영양사 쌤 만나고 나오다 그런 거야."

선생님들도 못 하는 일을 능력도 안 되는 제가 어떻게 하냐고 항변하고 싶었지만 선생님에게서 전해지는 진한 안타까움에 차마 그러지 못했다.

"쌤은 불안해. 저러다 다시 자살 시도라도 하면 어쩌나 싶어. 그래서 너한테 부탁한 거야. 어른들 말은 안 들어도 친구는 다르니까. 무리한 부탁인 줄 알면서도 너한테 큰 짐을 맡겨 버렸네. 정말 미안하다."

타인의 고통

일요일 아침, 동생에게 아부를 떨어서 동생이 새벽에 일어나 만든 천연발효빵을 넉넉하게 얻었다.

"너무 많이 가져가지 마. 보육원 친구들이랑 같이 먹어야 한단 말이야."

"히히, 우리 착한 동생! 고마워."

동생은 착하다는 말에 약하다. 늘 구박만 하는 누나가 착하다고 하니 입이 찢어지면서 빵을 하나 더 챙겨 줬다. 동생은 5학년인데 아직도 참 순진하다. 동생이 빨리 철이 들면 좋겠다고 생각하면서도, 한편으로는 동생이 저런 순수함을 잃지 않기를 바랐다. 혹시라도 그 옛날 기윤이를 보육원 거지라며 놀렸던 애들처럼 변하지 않기를 바라는 마음이었다. 기껏해야 운이 좋아 부모를 잘 만났을 뿐이면서 기윤이를 깔보고, 잘난 척한 녀석들처럼 되지는 않기를 바랐다.

아침밥을 먹자마자 엄마는 동생을 데리고 보육원으로 봉사활동을 갔다. 2년째 해 오는 활동이었다. 동생은 엄마가 갈 때마다 따라갔다. 갈 때는 항상 자신이 만든 빵을 한가득 싸 갔다. 동생은 봉사활동을 한다기보다 보육원에서 사귄 친구들과 놀기 위해서 간다. 아직은 순수해서 그런지 보육원 친구들과 학교 친구를 구별하지 않았다. 어쩌면 동생이야말로 참된 봉사를 하는지도 모르겠다.

엄마가 동생을 데리고 나가자 아빠는 거실 소파와 바로 한몸이 되었다. 엄마가 동생을 데리고 봉사활동을 갔다가 돌아오는 때까지가 아빠가 누릴 수 있는 가장 여유로운 시간이다. 그 순간은 우리 가족 아무도 아빠를 방해하지 않는다. 그 시간 동안 아빠는 소파에 늘어져서 실컷 TV를 본다. 평일 저녁에는 나와 동생에게 모범을 보여야 한다면서 엄마가 TV를 못 보게 하기 때문에 TV를 켜지도 못한다. 일요일이 되면 아빠는 못 본 드라마를 몰아서 본다. 나는 소파에 늘어지게 누워서 세상 행복해하는 아빠에게 슬그머니 다가가 애교를 부렸다. 용돈이 필요하다는 말 없는 암시다. 그러면 아빠는 슬쩍 용돈을 주신다.

나는 아빠에게 받은 용돈과 동생이 챙겨 준 빵을 들고 집을 나섰다.

"은지 친구가 집에 다 오고. 얼마 만인지 모르겠네."

"안녕하세요."

"채원이라고 했지?"

"네. 같은 반 짝꿍이에요."

"정말 반가워요."

"이거, 제 동생이 만든 천연발효빵이에요."

"동생이 빵도 만들어? 몇 살인데?"

"열두 살이에요. 제빵사가 꿈이긴 한데, 맛은 장담 못 해요."

"맛이 없으면 어때. 꿈이 있는 것도 기특한데 벌써 직접 빵을 만들기까지 하다니, 정말 내난하네."

동생이 들으면 엄청 좋아할 말이었다.

나는 은지 엄마에게서 그늘을 찾으려고 했지만 실패했다. 넉넉한 웃음과 맑은 말씨에서 작은 그늘 한 점도 묻어나지 않았다. 집안은 깨끗하게 정리되어 있었고, 곳곳에 십자가와 성경 글귀가 걸려 있었다. 화목한 집안 같아 보였다.

"우리는 이제 예배하러 가야 돼. 둘이 재미있게 놀아. 여보, 시간 됐어요."

안방 문이 열리며 온화하고 잘생긴 얼굴에 정장을 잘 차려입은 은지 아빠가 나왔다. 길거리에서 마주쳐도 은지 아빠인지 알아볼 만한 얼굴이었다. 왼손에는 손때가 묻은 두툼한 성경책이 들려 있었다. 내가 꾸벅 인사를 하고 두 분이서 집을 나설 때까지도 은지는 방문을 꾹 닫고 코빼기도 비치지 않았다. 현관문이 닫히는 소리가 들리고 한참이 지난 뒤에야 방문이 열렸다. 아무 꾸밈없는 얼굴이었는데도 예뻤다. 내가 은지를 처음 보았을 때 떠올렸던 봄이 다시 피어났다.

방 안에서 약하게 노래 소리가 들렸다.

♬

이 세상은 언제나

이해할 수 없는 모순에 가득 차 있고

사람들은 말하지

우리들은 아직 어리고 어리석을 뿐이라고*

음색이 가슴 아리게 감각을 파고들었다. 내가 흔히 듣는 아이돌 노래와 결이 다른 노래였다. 노랫말 한마디 한마디가 긴 여운을 그리며 감정에 파고를 일으켰다. 그냥 흘려 버리기에는 아쉬운 노래였다. 은지가 들어서가 아니라 나중에 따로 들어 보고 싶어서 무슨 노래인지 물었다.

"무슨 노래야?"

내 말을 듣자마자 은지는 휙 돌아서더니 방으로 들어가 노래를 꺼 버렸다. 은지 방은 깨끗했다. 침대, 책장, 책상, 옷장 등 어느 곳 하나 흐트러진 데가 없었다. 방은 이렇게 정리해야 한다면서 본보기로 꾸며 놓은 곳 같았다. 책상 위에는 조금 전까지 공부한 흔적이 남아 있었다.

---

* 「타인의 고통」(김윤아) 중에서

지저분하고 어수선한 내 방이 떠올라 괜히 부끄러웠다.

"나도 나중에 듣고 싶어서 그러는 건데……."

"값싼 동정은 싫다고 했잖아. 그렇게 말했는데도 못 알아듣니?"

"히히, 친구 집에 놀러왔는데, 동정이라니……."

"나는 네 친구 아니야."

은지는 여전히 차갑게 대했지만 나는 그런 말투에 더 이상 마음을 쓰지 않았다. 계속 듣다 보니 무뎌지기도 했고, 사연을 어느 정도 알고 나니 이해가 됐기 때문이다. 무엇보다 동생에게 배운 바가 컸다. 동생은 보육원에 간 첫날부터 어떤 선입견 없이 또래를 만났고 신나게 놀았다. 이런저런 불쌍하다는 감정도, 봉사를 해야겠다는 목적의식도 없었다. 동생처럼 완전한 순수함은 아니지만 나도 그저 은지를 더 알고 싶고, 가까워지고 싶다는 마음이 커졌다.

"이거 내 동생이 만든 빵인데, 먹어 볼래?"

나는 은지 대답을 기다리지 않고 부엌으로 갔다. 부엌도 깔끔했다. 어수선하고 정리가 안 된 우리 집 부엌이 또 떠올랐다. 조심스럽게 유리로 된 진열장을 열고 예쁜 접시를 꺼냈다.

"혹시 빵 자르는 칼 없니?"

은지는 대답 없이 가만히 나를 보기만 했다.

"미안! 좀 찾아볼게."

나는 칼이 있을 만한 싱크대 서랍을 열었다. 서랍 안도 깔끔했다.

"여깄다!"

나는 빵을 먹기 좋게 잘랐다.

"내 동생 꿈이 천연발효빵을 만드는 제빵사야. 제법 맛있어. 요즘은 잼 만들기에 도전하는 중인데 아직은 별로야."

나는 은지가 대꾸를 안 해도 뻔뻔하게 내 할 말을 계속했다.

"식탁에서 먹을래? 아님 거실에서 먹을까? 이런 빵은 편하게 방에서 먹으면 좋기는 한데, 네 방에서 먹어도 돼?"

내가 빵 접시를 들고 자기 방으로 갈 기미를 보이자 은지는 서둘러 방문을 세게 닫아 버렸다.

"알았어. 그럼 거실에서 먹자. 식탁보다는 거실이 빵 먹기에는 편하니까. 와서 먹어 봐. 처음 먹을 때는 심심할지도 모르지만 꼭꼭 씹어 먹다 보면 깊은 맛이 날 거야."

나는 거실 탁자 위에 빵 접시를 올려놓고 자리를 잡고 앉았다. 거실은 부엌보다 더 정갈하고 깔끔했다. 동생이 펼쳐 놓은 온갖 잡동사니가 넘쳐나는 우리 집과는 하늘과 땅 차이였다. 은지는 자기 방과 거실 사이에 서서 나를 지켜보기만 했다.

"뭐 해. 어서 이리 와 앉아."

나는 일어나서 은지에게 갔다. 그러고는 은지 왼 손목을 잡으려다 까만 손목 보호대를 보고는 얼른 오른 손목을 잡아끌었다. 손목이 따뜻했다. 하도 차가운 기운을 풍기고 다녀서 몸도 차가울 줄 알았는데 아니었다.

"맛이 없으면 맛없다고 해 줘. 동생이 요즘 기고만장해져서 콧대를 좀 꺾어 놔야 되거든."

은지는 내가 잡아당기자 그대로 끌려왔다.

"우두커니 서 있지 말고 앉아. 히히, 여긴 너희 집인데 내가 마치 우리 집처럼 군다. 그치?"

"여긴 우리 집이 아니야. 서재용 씨 집이지."

"서재용 씨가 누구야? 아! 아빠구나."

은지가 아무도 믿지 않는다고 했던 말이 떠올랐다. 굳이 '너희 집'이란 명칭을 부정하고, 아빠도 '서재용 씨'라고 부르다니…….

'이런 생각을 자꾸 하면 안 돼! 궁금해하지 말고, 그냥 편하게…… 그래, 편하게.'

동생처럼 허물없이 어울리는 게 내게는 참 힘든 도전이었다.

"먼저 먹어 봐."

마지못해 은지는 자리에 앉아서 빵을 집어 들었다. 나를 빤히 보면서 빵을 한입 베어 먹었다.

"어때? 괜찮아? 맛없으면 꼭 맛없다고 해 줘. 그 녀석은 겸손을 좀 배워야 하거든"

나도 한입 크게 베어 먹었다.

"조금 심심하지?"

은지는 씹기만 할 뿐 반응을 보이지 않았다.

아무래도 동생 얘기로는 오가는 대화를 만들어 내지 못할 듯했다. 나는 빵을 씹으며 거실을 살폈다. 화젯거리가 될 만한 소재를 찾기 위해서였다. 고급 장식장 안에 책 한 권 크기만 한 사진이 보였다.

"어, 저 사진은 뭐야?"

나는 벌떡 일어나 장식장 앞으로 갔다. 은지가 예쁜 교복을 입고 바이올린을 연주하는 사진이었다. 그 뒤로 '입학식'이라는 글씨가 흐릿하게 보였다. 예쁜 교복을 보니 은지가 전에 다니던 학교에서 한 연주인 듯했다. 아마 1학년 입학식 때 찍은 사진인 듯했다. 내 짐작이 맞다면 은지가 중학교 입학식에서 신입생으로 바이올린 연주를 했다는 말이다. 그런데 지금 은지 모습과는 거리가 너무 멀어서 도저히 상상이 가지 않았다. 신입생이 얼마나 뛰어났으면 입학식에서 축하 연주를 했을까? 그러고 보니 장식장에는 악기나 음표 모양을 한 트로피가 꽤나 많았다.

"와! 바이올린을 연주했네? 상패도 많고! 입학식에서……."

은지가 장식장 문을 확 열어젖히더니 사진을 엎어 버렸다.

"뭐야? 왜 그래?"

"그만해! 그만하라고 했잖아! 왜 그래, 도대체?"

목소리가 떨려 나왔다.

"아니, 난 그냥 사진이 예뻐서."

"예뻐? 저게 예뻐? 찢어 없애 버리고 싶은 사진을 보면서 예쁘다는 말이 나오니?"

길거리에서 나에게 화를 냈을 때와 같은 반응이었다. 또다시 왼손이 조금씩 떨렸다.

"싫은 사진을 왜……?"

"서재용 씨 집이니까! 여긴 서재용 씨 마음대로 하는 집이니까. 제발 날 내버려둬. 값싼 동정은 싫다고 내가 그렇게 말했는데도 모르겠니? 너 똑똑하잖아. 그러면 내가 무슨 말을 하는지 알아들어야 하는 거 아니야? 싸구려 연민으로 우월감을 채우고 싶으면 제발 딴 데 가서 해! 나 괴롭히지 말고."

입술도 심하게 떨렸다. 왼손은 보기 안쓰러울 만큼 떨렸다. 내가 꼭 붙잡아 주고 싶었다.

"싸구려 연민이라니, 무슨 말을 그렇게 해? 나는 그냥 너를 돕고 싶어서."

"도움은 필요 없다고 했잖아? 선생님들한테 무슨 말을 들었는지 모르지만, 그딴 염려는 집어치워."

"그게 아니야. 쌤들은 네가 혹시나 자……."

나는 입을 얼른 다물었다. 해서는 안 될 말이었다.

그러나 늦었다.

은지 눈에서 불꽃이 일었다.

"내가 자살 시도를 할 거라고? 내가? 월급쟁이 선생 따위가 내가 자살 시도를 할 거라고 말했어? 그런 거짓말이나 하는 선생들을 넌 믿어?"

아무리 그래도 그렇지 월급쟁이 선생이라니, 선생님이 거짓말쟁이라니, 부아가 치밀었다. 선생님이 얼마나 너를 걱정하는데……. 얼마나 너에게 정성을 들이는데……. 아무리 상처를 입었다고 해도 그따위로 말하면 안 되지.

쏘아붙이고 싶었지만 마지막 인내심을 발휘했다.

"쌤들은 네가 혹시라도 나쁜 선택을……."

은지가 내 말을 끊어 버렸다.

"나쁜 선택?"

은지가 오른손으로 왼 팔뚝을 움켜쥐었다.

"나는 안 죽어! 절대 안 죽어! 끝까지 살아남아서 복수할 건데 내가 왜 죽어?"

내 인내심은 한계치를 벗어나고 말았다.

"그럼, 그 왼쪽 팔뚝을 가린 보호대는 뭔데? 전학 온 첫날부터 늘 하고 있었잖아? 그게 자살을 시도한 흔적을 가리려는 게 아니면 뭐냐고?"

나는 더는 참지 못하고 쏘아붙였다.

"미친 새끼들이 조작한 거야. 그 새끼들이 내 팔뚝을 그어 놓고는 내가 자살 시도를 했다고……."

은지는 팔목에 차고 있던 까만 손목보호대를 거칠게 잡아당겼다. 진한 흉터자국이 드러났다.

"이게 그 미친 새끼들이 만든 상처야! 그런데 어떻게 처리됐는지 알아? 그 새끼들이 내 손목을 그었다고 아무리 말해도 아무도 믿지 않았어! 학교 선생들도, 상담 선생도, 경찰도 믿지 않았다고. 심지어 서재용 씨와 그 아내도 나를 안 믿었어. 아무도, 아무도 나를 믿지 않았어."

너무나 끔찍한 이야기여서 심장이 멈출 것 같았다.

"내 손목엔 이렇게 처참한 상처가 남았는데, 나는 정신이상자로 몰렸는데, 그 새끼들은 내 생명을 구했다고 상을 받았어. 교장이 준 상만 받은 게 아니야. 경찰한테 모범청소년 시민상까지 받았어."

은지 왼손이 강한 지진을 감지한 지진파 바늘처럼 격렬하게 떨렸다. 내 손도 내가 어쩌지 못할 만큼 부들부들 떨렸다.

"너는 내가 미쳐 보이니? 내 인성이 쓰레기 같니? 너라면 나 같은 일을 당하고도 아무렇지 않게 살 수 있겠어?"

* * *

바이올린 연주 솜씨가 뛰어났지만, 진로를 명확히 정하지 못한 은지는 예술고와 특목고 진학이라는 선택 앞에서 고민했다. 유명한 대회에서 상을 받을 만큼 실력이 뛰어나서 예술중학교에 가려고 마음만 먹었다면 갈 수 있었지만, 확신이 없었다. 바이올리니스트가 되고 싶다는 마음 못지않게 수의사가 되고 싶은 열망도 강했기 때문이다. 예술중학교를 선택하면 수의사가 되려는 꿈은 포기해야 했다. 오랜 고민 끝에 은지가 내린 선택이 명문 사립 중학교였다. 명문 사립 중학교는 예술고와 특목고 입시에서 모두 탁월한 실적을 자랑했다. 둘 중 어느 길도 포기 못 한 은지에게는 아주 적합한 중학교였다.

은지는 신입생 대표로 입학식에서 바이올린을 연주한 데다 예쁘고 공부도 잘하기에 모든 선생님이 은지를 아꼈다. 은지는 잘나가는 애들이 많이 모인 명문 사립 중학교에서도 돋보이는 학생이었다. 문제는 그 뛰어남이 지나치다는 데 있었다. 웬만한 연예인은 얼굴도 내밀지 못할 만큼 예쁜 데다 학업과 예술에서도 빼어난 솜씨를 자랑하니 자연스럽게 따라오는 게 질투였다. 뒤로 이상한 소문과 근거 없는 비난이 오갔다. 가끔 은지 귀에도 그런 말들이 들릴 정도였다. 그러나 아무도 대놓고 은지를 괴롭히지는 않았다. 왜냐하면 모든 선생님이 은지를 특별히 아꼈기 때문이다. 몇몇 애들이 은지를 건드렸는데 선생님에게 불려가 심하게 혼이 난 뒤로 아무도 은지를 건드리지 않았다. 질투는 강렬했지만, 모함과 괴롭힘은 없었다.

그러다 2학년이 되고, 한 재수 없는 무리와 충돌하면서 은지 삶이 꼬이고 말았다. '이젠 랍스터 먹기가 지겨워. 차라리 라면이 맛있다니까.' 하면서 잘난 척하는 애들이었다. 그런데 그것은 허세가 아니었다. 재벌그룹 사장, 언론사 간부, 검사, 고위직 공무원 등이 넘쳐나는 집안이었으니 그들이 잘난 척할 만했다. 나중에 알게 됐지만, 심지어 재단 이사장 손녀도 있었다. 1학년 때는 그 아이들과 은지가 부딪칠 일이 없었다. 자기들끼리만 몰려다니면서 다른 애들과는 아예 어울리지 않았기 때문이다. 흔하디흔한 삼류 드라마 속 이야기 같지만 사실이었다.

2학년이 되면서 그 아이들 중에서 두 명이 은지 반으로 들어왔다. 재수 없게도 그 가운데 한 명이 재단 이사장 손녀인 김금비였다. 물론 그때는 그 사실을 몰랐다. 이후 벌어진 모든 사건은 금비가 중심이었다. 자기들끼리만 놀던 그들이 어느 때부터 괜히 주위 애들을 건드렸다. 자기들끼리 어울리면서는 맛보지 못한 새로운 재미를 찾는 듯했다. 처음에는 놀리는 대상이 못나 보이는 애들이었다. 만만한 애들을 마음대로 깔보면서 자신들이 얼마나 잘났는지를 과시했다. 남을 짓밟으면서 얻는 쾌감에 맛을 들였는지 괴롭히는 정도가 점점 심해졌고, 대상도 늘어났다. 그 아이들의 기고만장함이 하늘을 찔렀다.

그런데 잘나가는 그들도 어쩌지 못하는 대상이 바로 은지였다. 깔보고 멸시하기에는 은지가 지나치게 뛰어났고 흠잡을 데 없이 완벽했다. 무시하려고 들면 도리어 그들 스스로가 못나 보이게 만드는 존재가 은지였다. 특히 금비는 은지를 향한 질투심이 심했다. 이유는 열등감이었다. 금비는 첼로를 연주했고, 예술고로 진학하는 게 목표였다. 유명한 교수에게 큰돈을 주고 과외를 받았고, 제법 실력도 뛰어났지만, 은지에 견줄 바는 못 됐다. 그것이 열등감을 자극하는 원인이었다. 금비는 학교에서 아무도 건드리지 못했던 은지를 괴롭히는 데 앞장섰다.

처음에는 은근한 괴롭힘이었지만 점점 수위가 높아졌다. 선생님들에게 말해 볼까도 생각했지만, 고자질쟁이가 되기 싫어서 참았다. 그럴수록 금비는 근거 없는 소문을 쉴 새 없이 퍼트렸다. 처음에는 금비와 그 무리만 은지를 괴롭혔지만, 점점 다른 애들도 괴롭힘에 동참했다. 그동안 억눌러 놓았던 질투심이 활화산처럼 폭발한 것이다. 태어나서 처음 겪는 괴롭힘에 은지는 무척 힘들었지만, 겉으로 드러내지는 않았다. 힘이 들수록 도리어 더 밝게 지내려고 애썼다. 괜찮은 척 연기를 하며 하루를 버티고 나면 에너지가 바닥을 쳤다. 그러나 선생님들에게 받는 인정이 은지를 버티게 했다.

그러던 어느 날, 금비에게 참기 어려운 모욕을 당했다. 차마 입에 올리기도 싫은 성적인 모욕이었다. 그 어떤 말에도 인내심을 발휘하던 은지도 더는 참을 수가 없어서 금비에게 격렬한 말을 쏟아 냈다. 그런데 바로 그 장면을 뒤에 있던 애들이 몰래 찍었다. 그것은 함정이었다. 은지가 화를 낼 수밖에 없는 상황을 만들어 놓고, 원인이 되는 부분은 빼고 화를 내는 장면만 찍어서 은지를 못된 애로 만들어버리려는 음모였다.

영상은 선생님들 손에 들어갔다. 가해자인 금비는 자기가 한 짓은 숨긴 채 은지에게 모욕을 당했다면서 선생님들 앞에서 피해자인 척했다. 선생님들은 처음으로 은지를 심하게 나무랐다. 어떤 선생님은 학폭위에 올려서 징계해야 한다고 주장했다. 그러면서 은지가 사과하면 선처하겠다고 구슬렀지만, 은지는 자기 잘못이 아니었기에 사과를 거부했다. 그때 금비가 그 상황을 교묘히 이용했다. 금비는 많은 선생님 앞에서 은지가 자신에게 사과를 안 해도 잘못을 용서하겠다며 한없이 착한 척 연기했다. 누구라도 깜빡 속을 수밖에 없는 뛰어난 연기였고, 그 연기는 그 뒤에 펼쳐질 은지 삶을 결정해 버렸다.

그 일을 계기로 은지는 외모와 실력만 믿고 잘난 척하는 인성 쓰레기로 선생님들에게 찍히고 말았다. 선생님이라는 보호막이 사라진 학교생활은 은지에게 말 그대로 지옥이었다. 학생들은 마음 놓고 은지를 괴롭혔다. 은지를 보호해 주어야 할 선생님들은 보호는커녕 어떤 면에서는 학생들보다 심하게 은지를 괴롭혔다.

한번은 독후감 대회에 글을 냈는데 국어 선생인 담임이 어디서 베끼지 않았냐며 대놓고 의심했다. 베꼈다고 의심하는 근거가 뭐냐고 물었지만, 선생님은 근거를 대지도 않고 베낀 게 확실하다며 벌점을 주었다. 예전에는 은지 글을 보며 독창성이 뛰어나다며 과도할 만큼 칭찬했던 담임이었다. 그걸로 끝이 아니었다. 은지가 수업을 마치고 쉬는 시간에 텀블러에 물을 담아서 마시자 담임이 '교실에서 뭘 먹느냐'면서 야단을 쳤다. 은지 바로 옆에서는 다른 애가 과자를 먹고 있었지만, 담임은 그냥 내버려 두고 은지만 나무랐다. 많은 학생 앞에서 담임이 은지를 대놓고 차별한 것이다. 급식에 고기가 나오자 담임은 '수의사가 꿈이면 고기를 먹으면 안 되는 거 아니냐'며 비아냥거렸다. 못된 애들이나 하는 유치하고 어처구니없는 말이었다. 이 모든 게 얼마 전까지 은지를 끔찍하게 아끼며 추켜세웠던 담임이 벌인 짓이었다.

담임이 그러니 애들은 아예 대놓고 은지를 괴롭혔다. 소설을 읽으면 잘난 척한다고 놀렸다. 학원 숙제를 하면 학교가 학원 숙제를 하는 곳이냐며 시비를 걸었다. 휴대전화를 쓰지도 않았는데 몰래 썼다면서 신고를 당했고, 근거 없는 신고였지만 벌점을 받았다. 공책과 책에 작은 낙서만 보여도 트집이 잡혔으며, 수업 도중에 조금만 자세가 흐트러져도 수업 태도가 나쁘다는 지적을 받았다. 바로 옆에서 늘어져서 자고 장난을 치는 애들이 있는데도 은지만 혼이 났다. 수행할 때면 온갖 구박을 다 당했다. 자기들은 하지도 않고 은지한테 떠넘겼고, 조금 소홀하면 협동심이 없고 자기만 생각한다고 비난했다.

그때 한 남자애가 접근해 왔다. 힘든 은지를 위로하며 용기를 건넸다. 그 남자애는 은지를 둘러싼 학교 구성원 가운데 유일하게 은지 편이었다. 고통스러운 학교생활에 작지만, 힘이 되는 남자애였다. 그러다가 그 남자애가 은지에게 고백을 했다. 예쁜 외모 때문에 어릴 때부터 숱하게 고백을 받았던 은지였지만 단 한 번도 고백을 받아 준 적이 없었다. 은지는 그 남자애에게 고마움을 느꼈지만, 이성으로 끌리지는 않았다. 사귈 마음도 없었다. 그러나 힘겨운 상황에서 자기편이 되어준 남자애가 고마워서 고백을 받아들였다.

고백을 받아들이는 순간, 남자애 표정이 돌변했다. 진지하던 표정이 비웃음으로 바뀌더니 고개를 수풀 쪽으로 돌렸다.

"내가 뭐랬어? 성공할 거라고 했지?"

그 말을 신호로 수풀 뒤에서 애들이 떼거리로 나타났다. 또다시 함정이었다. 나름 믿었던 남자애한테 배신을 당하자 은지는 이를 갈았다. 뭐라고 해 주고 싶었지만 대놓고 카메라를 들이대는 애들 때문에 한마디도 못 하고 그 자리에서 도망치듯 벗어났다.

그 뒤로 애들은 은지가 고백을 받아들인 영상을 공유하며 은지를 놀려 댔다. 고백은 남자가 먼저 했는데 은지가 꼬리를 쳤다고 소문을 냈다. 은지가 예쁜 얼굴만 믿고 남자들을 마구잡이로 유혹하고 다닌다는 말까지 나돌았다.

은지는 자신이 겪는 상황을 이해하려고 애썼다. 학생들이 그런 짓을 하는 까닭은 이해할 만했다. 초등학생 때도 주변에서 질투를 많이 받았고, 가끔 이상한 소문을 내는 애들이 있었기 때문이다. 그러나 선생님들까지 그러는 까닭은 이해하기 힘들었다. 학생들은 그렇다 쳐도 담임뿐 아니라 거의 모든 선생이 자신을 괴롭히는 까닭은 어림조차 못 했다. 아무리 자기 인상이 나빠졌다고 해도 그렇게까지 자신을 괴롭힐 이유는 없다고 생각했다. 대놓고 일탈을 일삼는 애들도 은지와 같은 취급을 당하지는 않았기 때문이다. 한참 뒤에야 은지는 자기를 올가미에 건 금비가 학교 재단 이사장 손녀임을 알았고, 그제야 모든 것이 명확하게 이해가 되었다.

은지는 혹시나 하는 마음에 학교 상담 선생님을 찾아갔지만 상담 선생님도 은지 말을 믿지 않았다. 그럴 수밖에 없었다. 기간제로 근무하는 상담 선생님은 학교 재단에 찍히지 않으려고 했다. 상담 선생조차 학교 편인 걸 안 은지는 그 뒤부터 아무에게도 말하지 않고 자신이 당한 일을 꼼꼼하게 기록했다.

그 상황에서 마지막 의지가 되어 주어야 할 부모님은 은지에게 아무런 힘이 되지 못했다. 도리어 은지를 의심하고 나무라기만 했다. 벌점이 쌓이면서 부모님은 툭하면 학교에 불려 다녀야 했다. 엄마뿐 아니라 아빠도 학교로 불려와 자녀교육을 잘해야 한다는 잔소리를 들었다. 그러면서 선생들은 은지가 정신에 문제가 있는 듯하니 병원에 가보던지 전문 상담가에게 상담을 받으라고 권유했다. 은지 부모님은 독실한 기독교 신자였기에 기도로 나을 수 있다면서 상담을 거부했다.

은지는 점점 짜증이 많아지면서 우울해졌다. 툭하면 화가 치밀었다. 그러다 끔찍한 사건이 벌어졌다. 금비와 그 무리가 은지를 CCTV가 없는 학교 외진 곳으로 끌고 갔다. 은지가 발버둥을 치고 저항했지만 남자애들까지 붙은 무리를 이겨 내지는 못했다.

"확 얼굴을 그어 버릴까? 이년이 얼굴만 믿고 나댔잖아."

"야야, 나도 그러고 싶지만, 그랬다가는 일이 꼬여."

"크크크, 하긴 그러네."

그러고는 은지 오른손에 칼을 쥐게 하고는 강제로 왼 손목을 그어 버렸다.

피가 흘렀다. 고통에 소리를 질렀지만 입에 수건이 물린 탓에 입안에서만 맴돌았다. 고통은 오로지 은지 것이었고, 소리는 퍼져나가지 못했다.

"어디 봐. 잘됐냐? 넌 여러 번 해 봤으니까 잘 알잖아."

"어, 전문가로서 보기에 괜찮네."

"크크크, 전문가라니 누가 보면 네가 의사라도 되는 줄 알겠다."

"자해는 의사보다 내가 더 잘 알아. 야, 야, 조심해! 이년 지문 지워지지 않게 칼 잘 놔둬."

그러고는 한 명이 영상을 찍더니 다들 연기를 했다. 마치 은지를 구하려는 듯이, 위험에 처한 친구를 구하려는 듯이 움직였다. 그러면서도 발버둥을 치는 은지를 교묘하게 짓눌렀다. 선생들이 몰려들고, 응급차가 오고, 나중에 경찰까지 출동했다. 애들이 찍은 영상과 칼에 남은 지문은 은지가 자살 시도를 했다는 증거가 되었다. 선생들은 한결같이 은지가 문제가 많다고 했고, 상담 선생도 은지가 자살 위험 학생이라고 증언했다. 은지를 해친 무리는 교장 표창을 받았다. 심지어 위험에 처한 친구를 구했다면서 경찰에서 모범 청소년 시민상까지 받으며 언론에 소개되기도 했다.

그 상황에서도 은지 부모는 학교 측 말만 믿고 은지 말은 조금도 믿지 않았다. 도리어 은지를 부끄러워했다. 은지가 아무리 진실을 털어놓아도 은지를 점잖게 꾸짖기만 하고, 기도로 은지를 낫게 하겠다면서 두 분이 함께 새벽기도까지 다녔다.

병원에 입원해 있는 동안 2학년은 끝났다. 3학년이 되자 은지는 이를 악물고 학교에 나갔다. 그리고 우리 학교에서 보여 주었던 바로 그 모습대로 행동했다. 그 어떤 흠도 잡히지 않는 완벽한 자기 통제였다. 한번은 어떤 애가 예전처럼 은지를 건드리자 끝까지 차분하게 대응하면서 모조리 녹음해 버렸다. 어떤 선생이 부당하게 은지를 나무라자 그것도 녹음해 버렸다. 그러고는 인터넷에 공개해 버리겠다고 협박했다. 그 애와 선생은 곧바로 사과했다. 그 뒤부터 아무도 은지를 건드리지 않았고, 은지는 투명인간이 되었다. 우리 학교에서 보이던 모습 그대로였다.

그 뒤부터는 아무도 은지를 상대하지 않았다. 학교 측은 더는 은지를 감당하지 못하겠다면서 전학을 권했다. 다른 학생들 학부모도 학교에 숱하게 항의했다. 그렇지만 은지는 전학을 완강하게 거부했고, 은지 부모는 기도로 이겨 내겠다며 버텼다. 그러다 은지가 마음을 바꾼 사건이 벌어졌다. 은지에게 따로 접근해서 대놓고 동정심을 드러내며 도와주겠다는 학부모들 때문이었다. 은지는 그것이 가장 괴로웠다. 동정심을 받는 대상이 되자 더는 견디기 어려웠다. 결국 은지는 더는 못 견디겠다면서 부모에게 전학을 보내 달라고 말했다. 그러나 은지 부모님은 그때도 은지 말을 들어주지 않았다. 하나님이 이 시련을 이겨줄 힘을 줄 거라며, 결국 승리자가 되리란 믿음으로 끝까지 버티라고 했다. 전학은 하나님이 주신 시련에서 도망치는 짓이라며 하나님 뜻을 어기지 말라고 했다. 그때 은지는 자신이 하지 않았지만 다들 자신이 했다고 믿는 손목 상처를 내보이며 부모를 협박했다. 전학을 보내 주지 않으면 죽어 버리겠다고. 그렇게 해서 은지는 전학을 오게 되었다.

* * *

은지 집에서 들리던 노래 제목은 '타인의 고통'이었다.

♬

비겁한 무력한

이런 나라서 너무 미안해

한 방울 한 방울
너의 눈을 적시던 눈물을 헤아려 보네
하나 둘 한없이
너의 마음에 쌓이던 의문을 되뇌어 보네

「타인의 고통」(김윤아) 중에서

노랫말 속 '너'가 은지가 되어 내 심장을 후벼 팠다. 은지가 왜 그렇게 나를 경계했는지, 왜 내게 값싼 동정심 따위는 싫다고 했는지 절절하게 다가왔다. 은지가 전학 온 첫날, 내가 처음 만났던 은지는 봄이 아니었다. 그 누구보다 깊은 상처를 입고 뼛속까지 얼어붙은 빙하였다. 무수한 칼자국에 흘린 피마저 얼어붙은 빙하를 값싼 동정심으로 녹이려 했으니, 내가 어리석었다. 아니 나는 은지에게 또 다른 상처를 입힌 가해자였다. 값싼 동정심을 쏟아 내며 착한 척했던 그 학부모들처럼.

같은 앨범에 실린 '은지'라는 노래를 듣고는 가슴이 미어져 펑펑 울고 말았다.

♪
은지야 –
너의 두 뺨에는 기쁨이 가득하고
너의 눈동자는 서늘한 별빛처럼
푸르게 빛났었지

그리고 얼마 지나지 않아

네 모든 향기는 회색이 되고

눈부시던 날카롭던 황홀하던 너는

일상의 건조함 속에 시들어가겠지

「은지」(김윤아) 중에서

07 국가인권위원회

휴대전화를 방에 그대로 두었다. 얼굴에 선크림도 바르지 않았다. 거울에 비친 내 얼굴이 낯설었다. 거울을 보며 표정을 연습했다. 감정이 사라진 마네킹을 떠올렸다. 교복도 깔끔하게 입었다. 가방을 싹 비운 뒤에 깔끔하게 다시 정리했다. 필통에 마구 쑤셔 넣었던 필기구도 다 쏟아 낸 뒤에 필요한 것만 골라서 정갈하게 꾸렸다. 양말도 튀지 않는 색으로 고르고, 운동화도 가장 평범한 것으로 신었다. 학교에 걸어갈 때도 자세를 흐트러뜨리지 않았다. 신호등을 정확히 지켰고, 교문에 늘어선 생활지도위원들 앞으로 꼿꼿하게 지나갔다. 중앙 현관 옆 꽃밭에 장미꽃이 붉게 피었지만 눈길도 주지 않고 건물 안으로 들어갔다. 교실까지 바른 걸음으로 들어간 다음 반갑게 맞이하는 친구들과 인사도 나누지 않고 자리에 앉았다.

자리에 앉아서 1교시 수업에 쓸 교과서와 공책, 인쇄물을 꺼냈다. 필기구도 딱 필요한 만큼 꺼내서 가지런히 놓았다. 허리는 곧게 펴고 무릎은 가지런히 하고 교과서를 읽었다. 은지가 들어왔다. 은지가 내 옆에 앉았다. 나는 아는 척도 안 했다. 은지는 교과서와 공책, 인쇄물을 꺼냈다. 필기구도 필요한 만큼만 꺼내서 가지런히 놓았다. 곧은 자세로 앉아 나와 마찬가지로 교과서를 읽었다. 조회 시간에도 나는 그 자세 그대로 유지했다.

수업 시간은 힘들었다. 자세를 티끌만큼도 흐트러뜨리지 않고 집중하기가 만만치 않았다. 몸이 자꾸 꿈틀대려고 했다. 흔들리는 몸을 꼿꼿하게 하는 데 에너지를 모았다. 그러다 보니 정작 수업이 잘 안 들렸다. 집중력이 흐트러지니 선생님 설명을 따라가지 못했다. 겨우 1교시를 버텼다. 잠시 긴장을 풀 새도 없이 쉬는 시간에도 그 자세 그대로 유지했다. 앞뒤에 앉은 친구들이 기묘한 분위기를 알아챘는지 아무도 말을 걸지 않았다. 그나마 다행이었다. 2교시는 더 힘들었다. 허리와 옆구리가 결렸다. 허리를 곧추세우려고 힘을 주다가 탈이 난 듯했다. 그렇다고 자세를 흐트러뜨릴 수는 없었다. 이를 악물고 참았다. 가끔 선생님 말이 아예 들리지 않았다. 수업 시간에 도대체 뭘 했는지 기억이 나지 않았다. 이대로는 힘들었다.

쉬는 시간에 화장실을 갔다. 걸을 때도 몸에 긴장을 풀지 않았다. 화장실에 들어간 뒤에야 숨을 거칠게 내쉬며 긴장을 걷어 냈다. 허리를 앞뒤로 흔들고 옆구리 운동도 했다. 의식하지 못했는데 어깨도 꽤나 뭉친 듯했다. 팔을 이리저리 움직이며 근육을 이완했다. 목을 뒤로 젖히고 한 바퀴 돌렸다. 발끝부터 머리끝까지 부드럽게 털며 쌓인 긴장을 내보냈다. 화장실에 오래 머물 수는 없었다. 심호흡을 몇 번 하고는 표정을 다시 굳혔다. 마음을 다잡고 문을 열었다. 아이들 시선을 무시하고 꼿꼿한 자세로 걸었다.

다시, 은지 옆에 아무 말도 않고 앉았다. 은지가 힐끗 보는 느낌이 들었지만 아는 척하지 않았다. 점심시간까지 두 시간을 버티려면 마음을 단단히 먹어야 했다. 3교시는 그리 힘들지 않았다. 아프지 않은 것은 아니었다. 그냥 무뎌진 듯했다. 허리와 옆구리가 결렸지만 그러려니 했다. 수업에 집중하기는 어렵지 않았다. 선생님 설명이 모두 귀에 들어왔다. 그러다 수행 과제가 주어졌다. 개인 수행 과제여서 온전히 혼자 집중해서 풀었다.

4교시는 최악이었다. 갑자기 발목이 당기더니 쥐가 났다. 통증이 뒤통수까지 느껴졌다. 엄지를 바짝 당겼다. 종아리가 부르르 떨렸다. 자세를 흐트러뜨릴까 하다가 이를 악물었다. 단 하루도 못 버티고 무너지기는 싫었다. 이마를 찡그리고 입술을 깨물고 손에 힘을 쥐었다. 티 나지 않게 심호흡도 했다. 조금씩 쥐가 풀렸다. 아릿하긴 했지만 견딜 만했다. 내 자신과 싸움을 벌이며 4교시를 버텼다. 종소리가 울리자 갑자기 긴장이 풀리며 몸이 축 처졌다. 더는 못 할 짓이었다. 그러다 은지 시선을 느꼈다. 은지를 봤다. 은지는 무슨 생각을 할까? 나를 어떻게

볼까? 은지 입 꼬리가 살짝 흔들렸다. 같잖게 여기는 듯했다.

점심시간이 되자 은지가 급식실로 갔다. 나도 따라갔다. 우리는 나란히 걸었다. 마치 쌍둥이처럼 걸었다. 내가 은지처럼 예쁘진 않았지만 자세나 태도는 닮은꼴이었다. 은지와 나는 마주보고 앉아서 같은 자세로 같은 속도로 절제하면서 급식을 먹었다. 맛있는 급식이었는데 맛이 잘 안 느껴졌다. 다시는 그렇게 먹고 싶지 않았다. 점심시간에는 푹 쉬고 싶었지만 그렇게 하지 않았다. 학생회실에 가지 않았고, 친구들과 놀지도 않았고, 학원 숙제도 하지 않았고, 수학이나 과학 문제를 풀지도 않았다. 그저 가만히 앉아서 교과서만 읽었다. 오후는 더 지옥이었다. 피곤이 극에 달했다. 꾹 참고 화장실에도 안 갔는데, 죽을 맛이었다. 청소를 하고, 종례를 하고, 집에 갈 때는 내가 기계가 아닌가 싶었다.

집에 가자마자 화장실에 다녀온 다음 그대로 침대 위에 쓰러졌다.

"하, 더는 못 하겠다!"

하루 내내 몸싸움을 벌인 듯 몸이 엉망이었다. 하루 이틀도 아니고 은지는 날마다 어떻게 이런 고통을 견디는지 모르겠다. 차라리 하루 내내 운동을 하거나 노동을 하는 편이 더 낫겠다 싶었다. 알람을 맞추고 잠깐 눈을 붙이려는데 전화가 울렸다.

은지였다. 일단 반가웠다. 은지가 먼저 내게 전화를 건 것은 어떤 이유든 큰 변화였다.

"도대체 왜 그러는 거야? 내 흉내는 왜 내?"

"네가 어떤 기분인지 느껴 보고 싶어서."

"내 기분을 알아서 뭐 하려고? 해 봤더니 힘들더라 하면서 또 값싼 위로라도 하려고?"

나는 침대에서 일어났다.

"야, 서은지!"

대답이 없었다.

"우리 학교에서는 그렇게 지내지 않아도 돼."

대답이 없었다.

"내가 해 봤는데……."

다른 표현을 찾고 싶었지만 딱히 다른 대안이 떠오르지 않았다. 은지가 걸고 넘어질 줄 알았는데 그대로 넘어갔다.

"못 할 짓이야. 하루 내내 몸싸움이라도 벌인 것처럼 얼마나 힘들었는지."

"나는 날마다 전쟁이야."

"그러니까! 왜 그렇게 사냐고."

"아무도 안 믿어. 나는 아무도 믿지 않는다고!"

"우리 학교는 달라. 학생자치법정도 하고, 좋은 선생님들도 많고."

"너희 학교에서도 작년에 자해 소동 벌어진 거 알아."

김진태 얘기였다. 김진태는 작년에 유튜브를 하면서 만만한 애들을 비난하는 관종짓을 했다. 그때 가장 큰 피해를 입은 애가 내 친구 진아다. 그때는 진아와 친하지 않았다. 잘나가던 김진태는 또 다른 관종이 나타나 자신이 공격당하고, 애들 관심이 멀어지자 견디지 못하고 교실에서 자해를 시도했다. 어디서 들었는지 모르지만 은지도 그걸 알고 있었다.

"괜히 만만한 애 골라서 괴롭히고, 무리 지어서 뭉쳐 다니고, 뒷말 만들어서 험담하고……. 안 그래? 너희 학교에는 그런 애들이 없어? 이제 다 사라졌다고 자신해?"

"그래 있어. 그런 애들 있어. 그렇지만 좋은 애들도 많아."

"네가 그 안에 속해 있으니까 좋다고 하지. 너도 마찬가지야. 네가 힘 있는 애들이랑 친구니까 만만한 이하영한테 대든 거잖아. 안 그래?"

"딱히 아니라고는 부정은 안 할게."

나는 솔직하게 인정했다.

"네 친구 예나도 마찬가지야. 일진임에도 친구라고 감싸고돌았잖아. 걔가 착하다고? 말이 되는 소리를 해. 걔들이 껄렁대면서 얼마나 나를 훑어봤는데, 그 멸시와 경멸이 가득 담긴 시선이 얼마나 기분 나빴는데. 예나는 그 일진 새끼랑 친구니까 걔를 변호하고, 너는 예나 친구니까 그 새끼가 나쁜 짓은 안 했을 거라고 믿었잖아. 안 그래?"

나는 김원석을 잘 모르지만 예나는 잘 안다. 그리고 나는 예나를 믿는다.

"물론 나는 그 현장에 없었으니까 진실은 몰라. 그렇지만 나는 내 친구 예나를 믿어. 예나가 무턱대고 아무나 감싸는 친구는 아니거든."

은지가 싫어할 대답이었지만 어쩔 수 없었다.

"흥, 그래! 그건 좋네. 믿어. 끝까지. 믿음은 좋지."

빈정대는지 인정하는 건지 헷갈렸다.

그래도 길게 통화가 이어지는 것은 좋은 징조였다. 그 억울함과 분노를 속으로 삭이고만 살기에는 열여섯 살은 아직 어리다. 아무리 인내심이 강해도 믿을 만한 사람에게 털어놓고 싶고, 감정을 분출하고 싶은 게 당연하다.

"좋은 쌤들도 많아. 최미경 쌤이랑 송윤정 쌤은 진짜 좋아. 너도 알잖아?"

"나를 아끼던 선생들도 처음에는 좋게 보였어. 자기 목줄을 쥔 주인이 명령을 내리기 전까지는."

"거긴 사립이고, 우리는 공립이야."

"그래도 똑같아. 어차피 자기 밥줄 달린 일이 걸리면 비겁해져."

말로 설득한다고 들을 은지가 아니었다.

"은지야!"

"친구처럼 부르지 마."

"야! 서은지!"

나는 소리를 버럭 질렀다.

"도대체 언제까지 도망칠 거야? 차라리 다 터트려 버려. 폭로해 버리라고. 요즘은 인터넷에 글만 올리면 다 소문나는 세상이야. 그런데 왜 그냥 참는데?"

"너는 내가 아무 것도 안 해 본 줄 아니?"

"……."

"내가 왜 아무도 믿지 않는다고 하는지 아직도 모르겠어?"

"그때는 혼자였잖아. 지금은 내가 있고. 어쩌면 내 친구들이 도와줄지도 몰라."

"네가 왜 나서? 너희 학교도 아닌데."

"넌 내 짝꿍이니까."

친구라는 말을 쓰려다 괜히 반감만 살 듯해서 짝꿍이라고 말을 얼른 바꿨다.

"그 학교 인간들은 해 봐야 바뀌지도 않아."

"누가 바꾸자고 했어? 억울함을 풀자는 거지."

"무슨 수로? 어떻게? 누가 내 말을 믿는데? 경찰에서 모범청소년 시민상도 받고, 언론에서 의로운 학생이라고 칭찬받은 학생 말을 믿을까? 정신병자 취급받는 내 말을 믿을까? 나를 낳고 기른 사람도 나를 믿지 않는데, 도대체 누가 내 말을 믿겠어?"

또다시 목소리가 조금씩 떨렸다.

"여기 있잖아. 내가 널 믿잖아."

잠시 침묵이 흘렀다.

"그건 부당한 일이었어. 네 잘못이 아니었어."

"그건 이미 나도 알아."

"다른 사람들은 모르잖아."

"몇 번을 말해. 안 믿는다고. 아무도 내 말을……."

"나는 믿잖아. 이제 한 명 생겼잖아. 아무도 없다가 이제 한 명 생겼잖아."

다시 침묵이 흘렀다.

학원에 갈 시간이 다가왔다. 더 길게 통화하고 싶었지만 그럴 수 없었다.

"네가 하기 싫으면 나라도 할게."

"네가 뭘 해?"

"지금은 나도 뭘 어떻게 해야 할지 모르겠어. 하지만 내가 할게."

은지는 말이 없었다.

"너는 그냥 그대로 있어. 내가 나서서 어떻게든 해 볼게."

잠시 또 침묵이 흘렀다.

"내가 해도 돼? 그것만 대답해 줘."

"네 맘대로 해. 나는 상관없어. 어차피 나한테는 더 추락할 바닥도 없으니까."

전화를 끊고 침대에 멍하니 앉아 있었다. 내가 또 내 깜냥을 넘어서는 일을 덜컥 벌이겠다고 선언해 버린 건 아닌지 걱정이었다. 도대체 뭘 어떻게 하려고 냅다 내질러 버렸는지 모르겠다. 본인이 안 하겠다는데 오지랖 넓게 나서는 건 아닌지…….

'아, 몰라, 몰라, 몰라! 어떻게든 되겠지.'

나는 박차고 일어났다.

저녁 먹을 시간이 없어서 급하게 학원으로 갔다.

"괜찮냐?"

학원에 가자 예나가 걱정스럽게 물었다.

"그럭저럭."

"도대체 하루 내내 왜 그 짓을 한 거야? 혹시 은지와 친해지려고 그런 거야?"

"딱히 그런 건 아니고. 어떤 기분인지 느껴 보고 싶어서."

"해 보니 느끼겠든?"

"못 할 짓이더라."

"그래, 못 할 짓이지. 다신 하지 마."

그때 학원 선생님이 들어왔다.

"예나야. 끝나고 나랑 잠깐 얘기 좀 해."

"알았어."

수업이 끝나고 예나와 같이 나왔다.

나는 편의점에서 도시락을 샀다. 예나에게는 볶음면을 사 주었다. 편의점 앞에 앉았다.

"너도 같이 좀 도와줘."

"그 부탁일 줄 알았어."

"은지는 도움이 필요해."

"난, 걔 싫어."

"알아. 그래도 상처가 너무 깊더라고."

"나도 담임 쌤한테 대충 들어서 알아. 그래도 싫어."

“아니야. 쌤한테 들은 건 사실이 아니야.”

나는 간략하게 은지가 겪은 일을 설명해 주었다.

“그건 걔 말이잖아. 그걸 다 믿어?”

“진실해 보였어.”

“그거야 모르지. 나는 걔가 한 말은 전혀 안 믿어. 설사 다 사실이라고 해도 나는 싫어. 걔 때문에 성욱이처럼 원석이도 잃을 뻔했어. 그런 애는 또 언제 뒤통수를 칠지 몰라.”

예나는 확고했다.

“미안해. 그렇지만 정말 못 하겠어. 너 나 알잖아. 내키지 않으면 못 하는 거.”

“그래 알아! 네가 그렇다면 어쩔 수 없지 뭐.”

“전에도 말했지만 걔를 돕는 거야 네 자유니까 나는 신경 쓰지마. 내가 그렇게 속이 좁지는 않아.”

설득은 실패였다.

예나와 나는 그다음 학원이 달라서 헤어졌다. 다음 학원으로 걸어가면서 혹시나 하는 마음으로 지환이에게 전화를 걸었다.

사정을 대강 설명하고 도와 달라고 했지만, 지환이 반응은 예나와 다르지 않았다.

“난 걔 질색이야. 믿음도 안 가고. 네가 돕고 싶으면 도와. 그렇지만 나는 안 해.”

지환이는 단칼에 거절했다. 비집고 들어갈 틈조차 없었다. 웬만하면 그런 식으로 거절하지 않는 지환이기에 마음이 바뀔 가능성은 없었다.

예나와 지환이가 이러면 다른 친구들 반응도 뻔했다. 그렇지만 포기할 수는 없었다. 나는 학원을 마치고 돌아와서 가까운 친구들에게 도움을 청했지만 다들 미안해하면서도 거절했다. 은지가 겪은 일을 말해도 마찬가지였다. 은지가 겪은 일을 꼼꼼하게 정리해서 문자로 보내주었지만, 그 글을 다 읽은 뒤에도 마음을 바꾸지 않았다. 나은이는 관련 뉴스까지 찾아서 내게 보내 주면서 은지 말을 믿지 못하겠다고 했다. 나은이가 보내 준 뉴스 속 사진에는 경찰과 함께 모범청소년 시민상이란 표창장을 들고 착하게 웃는 청소년들이 있었다. 생각보다 내 앞에 놓인 난관은 컸다. 내가 어림했던 수준보다 은지는 훨씬 더 멀리하고 싶은 존재, 믿고 싶지 않은 존재가 되어 있었다.

이제 내가 부탁할 사람은 선생님밖에 남지 않았다.

담임 선생님은 내 말을 처음부터 끝까지 듣더니 두 손으로 얼굴을 감싸쥐고는 손끝으로 이마를 세게 긁었다.

"채원아, 채원아, 채원아!"

좋지 않은 조짐이었다.

"채원아! 쌤이 은지에게 친구가 되어 주라고 했지, 시끄러운 사건을 만들라고 하지는 않았는데……."

"은지는 억울한 일을 당했어요."

"그건 은지 얘기고. 그 학교에서 조사해서 이미 결론이 난 문제야."

"학교 전체가 은지를 괴롭혔다니까요."

"상담 기록을 봐도 명확해."

"그 상담 선생님은 계약직이라 학교 눈치를 볼 수밖에 없었어요."

"경찰 사건보고서도 있어."

"경찰도 속았어요."

"학생들 진술서도 많아."

"학생들이 전부 가담했으니까 그렇죠."

"은지 부모님도 사건 진상에는 의문을 제기하지 않았어."

"은지는 그것 때문에 가장 크게 상처를 받았어요."

"부모님과 관계가 나쁜 줄은 알지만, 그렇다고 어떤 부모도 그렇게까지 자식을 못 믿지는 않아."

"관계가 나쁘니까 딸 말도 안 듣죠. 그런 부모 말을 어떻게 믿어요?"

선생님은 나를 빤히 봤다.

"너무 억지 같지 않니? 그 모든 사람이 똑같은 말을 하는데, 오직 은지 혼자만 다른 말을 하잖아. 너는 어떻게 다른 사람 말은 하나도 안 믿고 은지 말만 믿어? 그게 진실이라고 어떻게 확신해?"

말문이 막혔다. 왜 나는 은지 말을 믿게 됐을까? 나은이가 보내 준 기사를 보면서도 나는 은지 말이 맞다는 믿음을 바꾸지 않았다. 선생님이 아무리 타당한 근거를 제시하며 설득을 해도 은지 말이 진실이라는 믿음이 바뀌지는 않았다. 나는 도대체 왜 은지를 확고히 믿을까? 그렇게 냉정하고, 사람을 멀리하고, 상식에 어긋나는 짓을 아무렇지도 않게 하는 은지를 나는 왜 믿게 되었을까?

은지 집에서 은지에게 직접 그 말을 들어서였을까? 그때 느꼈던 깊은 울림 때문이었을까? 아니면 그때 들었던 노래 때문이었을까? 그것도 아니면 은지 흉내를 내며 하루를 지내 보고 난 뒤에 이 정도 강박이면 믿어야 한다고 생각했기 때문이었을까? 모두 답변이 되지만 그 어떤 답변도 충분하지는 않았다.

그때 내 무의식 깊은 공간에서 답변 하나가 꿈틀거렸다. 무거운 침묵 속에서 나는 그 답변이 내가 할 수 있는 가장 적절한 답변임을 인식했다. 그렇지만 그 말을 내놓을 자신은 없었다. 하면 괜찮을 말이기는 했지만 내 진심이라고 확신하지 못했다. 나는 침묵을 택했다.

"은지에게는 안정이 필요해. 여느 중학생처럼 어울릴 친구가 필요하고. 네가 할 역할은 그거야."

나는 고개를 단호히 저었다.

"아니요. 그런 건 은지에게 하나도 도움이 안 돼요. 은지를 진짜로 도우려면 진실을 밝혀야 해요."

"그건 진실이 아니라니까. 너는 안 읽어 봤겠지만 나는 그 학교 상담 선생님이 쓴 보고서를 읽었어. 조금 심하게 말하면 망상 같은 거야. 지금 하는 행동만 봐도 그러잖아. 너는 은지가 학교생활에서 보이는 모습이 정상으로 보이니?"

"아뇨! 정상으로 안 보여요. 그리고 그건 원인이 아니라 결과예요. 그 사건과 그 사람들이 은지를 그렇게 만든 거라고요."

"아무래도 내가 널 잘못 끌어들인 것 같구나."

"쌤! 수업 시간에 맨날 강조하셨잖아요. 정의가 중요하다고. 부당하면 바로잡기 위해 나서야 한다고."

"말썽을 부리겠다는 말로 들리네."

"쌤! 그게 왜 말썽이에요? 은지를 도우라고 하셨잖아요. 저는 이게 진짜 돕는 거라고 생각해요. 은지를 불쌍하게 안 여길 때에는 잘했다고 하셨으면서, 은지에게 진짜 필요한 도움을 주려고 하니 왜 말썽이라고 하세요?"

선생님이 왼손으로 이마를 짚었다.

"이건 자치법정처럼 학교가 너를 품어 줄 만한 문제가 아니야. 다른 학교도 얽혀 있고, 교육청이나 언론에서도 문제가 될 수 있어."

은지 말이 떠올랐다. 선생님들을 믿지 말라고 하던 말, 자기 밥줄이 달리면 비겁해진다는 그 말이 나를 아프게 건드렸다. 설마 담임 선생님도 그런 분이었단 말인가? 실망과 불신이 나를 지탱하던 기둥을 뒤흔들어 버렸다.

선생님을 만나고 나오는데 다리에 힘이 없었다. 어제 하루 내내 은지 흉내를 냈던 때보다 더 힘들었다. 희망이 없었다. 믿음이 사라지고 있었다. 내 옆에 아무도 없었다. 아무도 나와 함께 하려고 하지 않았다. 친구는 있지만 내 편은 없었다. 나도 이런데 은지는 얼마나 외롭고 힘들었을까? 어쩌면 선생님 말이 맞을지도 모르겠다. 내가 무슨 힘이 있어서 덮어 버린 진실을 밝혀낸단 말인가? 속을 털어놓고 지내는 친구인 나은이조차 뉴스를 보고 내가 전한 말을 믿지 않았는데 말이다.

"채원아!"

"너 어디 아프니?"

최미경 선생님과 송윤정 선생님이었다. 두 선생님은 커피를 들고 휴게실로 걸어가던 중이었다.

"얼굴이 창백하네. 안 되겠다."

선생님들은 나를 휴게실로 데려가 따뜻한 차를 마시게 했다.

"무슨 일 있니?"

말하고 싶지 않았다. 어제 저녁부터 수많은 사람들에게 한 이야기를 또다시 되풀이하고 싶지 않았다. 어차피 반응은 뻔했다.

"너, 혹시 은지 때문이니?"

역시 최미경 선생님은 눈치가 빨랐다.

나는 아무 말도 하지 않았다.

"맞네. 그렇지?"

내 침묵은 그렇다는 대답이나 마찬가지였다.

"어제 수업 시간에 네가 이상하게 굴 때부터 뭔 일이 있구나 싶었는데, 얘기 안 해 줄 거니?"

"쌤, 강요하지 마세요. 채원아! 말 안 하고 싶으면 안 해도 돼. 과자라도 좀 먹을래?"

송윤정 선생님이 나를 편하게 해 주었다.

나는 말할지 말지 한참 고민했다. 담임 선생님에 따르면 두 선생님도 은지와 관련한 이야기를 다 안다고 했다. 그렇다면 두 분 반응도 담임 선생님과 다르지 않을지도 모른다. 걱정이 많고 결단력도 부족한 나로서는 어찌 해야 할지 갈피를 잡지 못했다.

'겨우 이 정도로 힘들어하면서, 도대체 어떻게 은지를 돕겠다고.'

'은지한테는 참 쉽게 말했지. 자기 앞가림도 못 하면서.'

자꾸 자책에 빠졌다.

"자, 먹어. 다이어트하는 데 이 휴게실 과자는 늘 적이야."

송윤정 선생님이 장난스럽게 말했다.

나는 고개를 들었다. 과자를 집어서 한 움큼 입에 넣었다. 두꺼운 안경에 립스틱도 바르지 않은 맨 얼굴, 뒤로 꽉 묶은 머리카락, 하얀 민무늬 웃옷에 낡은 청바지, 늘 덜렁대고 지저분한 책상, 늘 새롭게 도전하는 실험과 수업, 항상 어린애 같은 유쾌함과 친근함, 다이어트한다면서 늘 뒤로 미루는 게으름, 지저분한 책상을 치워야 한다면서도 3년 내내 지저분해지기만 한 교무실 책상……. 1학년 때부터 지금까지 송윤정 선생님은 한결같았다. 선생님은 기계문명에 향기를 입히고 싶다는 내 꿈을 늘 격려했고, 자신 있게 나가게 해 주었다. 엄마 아빠를 빼고 내가 세상에서 가장 믿을 수 있는 어른이 바로 송윤정 선생님이다.

만약 송윤정 선생님마저 내 말을 믿지 않는다면 어쩌면 내가 틀렸을지도 모른다는 생각이 들었다. 과자 때문인지, 내 결심 때문인지 기운이 돌았다. 나는 어제부터 몇 번이나 한 이야기를 되풀이했다.

내 이야기가 끝나자 최미경 선생님은 팔짱을 끼며 소파 뒤로 몸을 깊숙이 넣었고, 송윤정 선생님은 다리를 꼬고는 왼손으로는 턱을 괬다. 또다시 똑같은 반응이 나올까 봐 나는 입이 바짝 말랐다. 송윤정 선생님이 왼손으로 안경을 벗더니 몸을 소파에 기대며 입을 열었다.

"채원이 넌, 쌤들이 뭐라고 하든 네 뜻대로 할 생각이지?"

나는 고개만 끄덕였다.

"괜찮겠어? 이래저래 손해를 많이 볼 텐데. 기말고사 준비나 진학을 위한 공부에도 방해가 될 거야. 너희 담임 쌤 말로는 자원봉사상도 추천해 주려고 했다던데, 어쩌면 그 상도 날아갈지 몰라. 그 학교와 마찰이 생기고 선생님들이 너를 안 좋게 보게 될 위험도 있지. 이런 경우는 상상하기 싫지만, 그것 때문에 네 진학에 별로 도움이 되지 않는 내용이 생활기록부에 남을 위험도 있어."

마치 협박처럼 들렸다. 송윤정 선생님이 이렇게 말하다니 실망이었다. 나는 입을 꾹 다문 채 듣기만 했다.

"오해하지는 마. 널 겁주려는 게 아니니까. 쌤이 궁금한 건 뭐냐면."

선생님이 다시 안경을 썼다.

"너도 생각이 있으니까 그런 손해와 불이익을 당할 수도 있다는 것을 생각해 봤을 거야. 그런데도 나서는 이유가 뭐야? 그 수많은 손해를 감수하고서 네 절친도 아닌 은지를 도우려고 나서는 이유가 뭔지 쌤은 그게 궁금해."

담임 선생님이 다른 사람 말은 안 믿고 은지 말만 믿는 이유가 무엇이냐고 물었을 때 답하려다 집어삼켰던 답변이 다시 떠올랐다. 이 상황에서 가장 적절한 답변이었지만 나는 그 대답에 자신이 없었다. 해놓고 뒷감당할 자신이 없었다. 다른 답변을 찾으려고 고민할 때 문득 기억 저편에서 떠오른 생각이 바로 초등학생 때 피자를 얻기 위해 벌인 기부 경쟁이었고, 희경이와 얽힌 선물 사건이었다.

피자를 먹기 위해 한 기부, 옆 반을 이기기 위해 한 기부는 과연 선한 행동이었을까? 어쨌든 도움을 주었으니 좋다고 봐야 할까, 아니면 참된 의미는 모른 채 경쟁에만 몰두해서 벌인 선행이었기에 도리어 나쁘다고 봐야 할까? 희경이는 자기만 생각하는 친구였다. 그렇다면 나는 어땠을까? 나는 희경이에게 선물을 줄 때, 맛있는 간식을 사 줄 때 사심이 전혀 없었을까? 순수하게 좋은 마음으로만 사 주었을까? 진심으로 축하해 주고 싶어서 비싸고 정성스런 선물을 했다면 왜 희경이가 준 선물을 받고는 그렇게 실망했을까? 혹시 나는 그 선물을 거래라고 생각하지는 않았을까?

"그냥요. 돕고 싶어요. 솔직히 은지의 억울함을 모른 척하지 못하겠어요."

송윤정 선생님이 얼굴이 따뜻해졌다. 선생님 시선이 나를 포근하게 위로했다.

"쌤!"

"응?"

"뭐 여쭤봐도 돼요?"

"질문은 좋은 거야."

"쌤은 제가 한 말을 믿으세요?"

"뭐? 방금 한 말?"

"아니요. 은지가 누명을 썼다는 말, 은지 주위에 있던 모든 사람이 은지를 괴롭혔고, 세상 사람들을 속였다는 말을 믿으세요?"

"내가 믿든 안 믿든 그건 중요하지 않아."

"제겐 아주 중요해요. 다들 안 믿어요. 심지어 제 친구인 예나도, 나은이도, 지환이도 다 안 믿어요. 담임 선생님도 안 믿어요. 그런데 쌤까지 그러면……."

뒷말은 무서워서 못 했다.

"남이 뭐라고 하든 그게 도대체 무슨 상관이야. 너는 은지를 믿잖아. 지금 중요한 건 그거야."

나는 선생님을 빤히 바라봤다. 꽉 막혔던 실험과제가 풀리는 순간처럼 머릿속이 환해졌다.

"너는 은지를 믿니?"

"네!"

나는 답에 확신이 있었다.

"그럼 된 거야. 네가 확고하게 믿는다면 다른 사람 반응 따위는 중요하지 않아. 네 믿음대로 해. 그리고 그건 알지? 네 믿음으로 인해 벌어지는 뒷일은 네 스스로 감당할 각오를 해야 한다는 거."

감당할 각오가 되어 있을까? 모르겠다. 뒷감당은 확신이 없다. 그렇지만 나는 은지를 믿고, 은지에게 진심으로 도움이 되고 싶었다. 그것만은 확실했다.

"최 쌤, 어떻게 방법이 없을까요? 채원이가 길을 애타게 찾고 있는데."

송윤정 선생님이 최미경 선생님에게 물었다.

"지금 제 생각엔……."

최미경 선생님이 팔짱을 풀며 몸을 앞으로 당겼다.

"인권위에 진정을 넣는 게 가장 좋은 방법 같아요."

인권위는 사회 수업에서 배운 국가기관이었다. 멀다고 여겼던 국가기관이 갑자기 내 삶으로 바싹 다가오니 이상했다.

"채원이도 배웠으니까 국가인권위원회가 뭔지는 알지?"

"네!"

"은지가 처한 상황을 고려하면 경찰이나 교육청을 통해서 접근하면 별 소용이 없을 것 같고, 아무래도 인권위가 가장 나아 보여."

"어떻게 하면 되는데요?"

"인권침해 사례를 자세히 적어서 진정을 넣으면 돼. 진정서를 작성하는 방법이나 제출하는 요령은 내가 알려 줄게. 솔직히 뭐 그리 어렵지도 않아. 인터넷으로 하면 되니까. 진정서를 접수하면 인권위에서 어떻게든 처리를 할 거야."

"근데 중학생인 제가 낸다고 들어줄까요?"

"인권위는 한 명이 진정을 내든, 수십 명이 진정을 내든 조사 필요성이 인정이 되면 조사관이 직접 조사를 해. 인권위는 독립해서 활동하는 기관이라 은지 사건을 밝히는 데는 괜찮을 거야. 그런데 지금 은지 상황에서는 아무래도 한 명이 진정을 넣기보다는 여러 명이 함께 넣는 게 낫다고 봐. 네 말대로 은지를 아무도 안 믿는다면 은지 말을 증명해 줄 친구들이 필요할 테니까. 특히 심리 상담 기록은 강력한 장벽이야. 그래서 은지와 가까이 지내면서 은지 정신이 건강하고 관계도 좋다고 보증해 줄 친구들이 많이 필요해. 그래야 그 학교에서 인권침해와 학대가 있었고, 그로 인해 은지가 큰 상처를 받았다는 주장에 힘이 실릴 테니까."

길이 보였지만 만만해 보이지는 않았다. 내 가장 친한 친구들조차 은지를 믿지 않는데, 다른 애들에게서 서명을 받을 자신은 없었다.

"진정을 낸다고 해서 무조건 내 뜻대로 풀린다는 보장은 없어. 은지 말이 사실이라면 아주 막강한 힘을 지닌 세력과 맞서야 하는 상황이니까. 그건 각오해야 할 거야."

08 외로운 자리에서

서명운동을 하려면 학교에 신고하고 허락을 받아야 했다. 아무래도 내가 직접 허락을 받기보다는 학생회장이 하면 더 낫겠다 싶어서 지환이에게 부탁했다. 지환이는 군말 없이 내 부탁을 들어주었다. 그런데 허락을 받으러 가서는 한참 있다 왔다.

"허락받았어?"

"여기!"

지환이가 허가증을 주었다.

"오래 걸렸네."

"학생주임 쌤이랑 한바탕했어."

"고마워."

"쌤이 엄청 껄끄러워하시더라."

"그러실 줄 알았어. 그래서 너한테 부탁한 거고."

"문제가 커질지도 몰라."

지환이가 걱정스럽게 말했다.

"각오하고 있어."

"꼭 해야 되냐?"

"은지가 억울한 일을 당했잖아."

"난 서은지 말은 못 믿겠어."

나는 굳이 지환이를 설득하려고 애쓰지 않았다.

"그래, 너야 그럴 수 있지. 그래도 나는 믿어."

"어휴, 서명해 줄 애들이 있으려나 모르겠네."

"많이 받을 생각은 없어. 몇 명이라도 해 주면 돼. 아무도 안 해 주면 나 혼자서라도 인권위에 진정서를 낼 거야."

"대체!"

지환이 목소리가 커졌다.

"인성도 쓰레기인데 왜 도우려는 거야?"

"그럼 너는? 은지 말을 믿지도 않는다면서 왜 학생주임 쌤이랑 다투기까지 하면서 허락을 받아 준 건데?"

"그거야……."

지환이는 답을 하려다 잠깐 멈추었다.

"그거야, 이런 활동은 보장해 줘야 한다고 생각하니까."

“너는 은지 말을 믿지도 않잖아?”

“내 믿음과는 별개야. 내 생각이랑 다른 주장이라도 펼칠 권리는 보장받아야 돼.”

“맞아. 나도 같은 생각이야. 그리고 은지가 당한 일도 은지 인성과는 별개야. 은지 인성이 조금 못됐더라도 은지가 당한 일은 부당했어.”

“이런 말을 꼭 너한테 해야 하는지 모르겠지만…….”

“괜찮아. 별의별 말을 다 들어서 이젠 웬만한 말에는 내성이 생겼어.”

“학생주임 쌤이…… 은지가 망상에 빠져 있다고 했어.”

“그럴지도 모르지.”

나는 담담하게 답했다.

지환이가 걱정을 가득 담은 눈으로 빤히 나를 바라보았다.

“그래도 괜찮겠어?”

“진실은 아직 아무도 몰라. 나는 결심했고, 내 결심대로 할 거야.”

“네 고집도 참 대단하다!”

나는 씁쓸하게 웃으며 의자에서 일어났다.

“나도 내 고집이 이렇게 센 줄은 몰랐어. 아무튼 고마워.”

지한이도 따라 일어섰다.

“힘들면…….”

학생회실을 나가려는데 지환이가 말을 꺼냈다.

“너무 힘들면 포기해. 포기가 꼭 실패는 아니니까.”

나는 아무 대꾸도 않고 학생회실 문을 열고 나왔다.

나는 집에서 서명운동에 필요한 물품을 준비했다. 지환이가 학생회 용품을 쓰라고 했지만 거절했다. 학생회 공식 행사도 아니고 내 개인 활동이기에 내 돈을 들여서 하는 게 맞다고 생각했다. 자세한 사건 개요를 담은 전단지를 만들고, 이름과 소속 등을 적은 서명용지도 준비했다. 전단지와 서명용지는 다 만들고 난 뒤에 최미경 선생님께 봐 달라고 부탁했다. 최미경 선생님은 전단지뿐 아니라 서명용지 내용까지 꼼꼼하게 고쳐 주었다. 최미경 선생님 도움을 받아 고친 전단지와 서명용지는 깨끗하게 출력한 다음 문방구에 가서 복사했다. 그러고는 홍보판을 만드는 데 쓸 문구류를 사서 집으로 돌아왔다. 늦은 시간까지 홍보판을 만들었는데, 애들이 지나가면서도 한눈에 끌릴 만하게 구성하려고 애썼다.

다 만들어 놓고 침대에 누우니 갑자기 걱정이 밀려왔다.

'일을 이렇게 벌였는데 제대로 안 되면 어떻게 하지? 과연 나는 뒷감당을 할 깜냥이 될까? 아무도 서명을 안 해 주는 건 아닐까? 학생주임과 담임 선생님 생각처럼 은지가 망상에 빠졌으면 어떡하지? 그 모든 사람들이 다 거짓말을 하고 은지만 진실을 말한다고 믿는 내가 이상한 걸까? 다들 의심하는데 나는 왜 은지 말을 그토록 깊이 믿을까?'

모르겠다. 모르겠다! 어차피 나는 달리는 열차에 올라탔고, 열차가 멈추기 전에는 내리지 못한다. 사건은 이제 내 의지를 떠났다. 사건은 강물처럼 흘러가고, 나는 그냥 흐름에 실려 갈 수밖에 없다. 어, 이건 엄마가 맨날 하는 말인데……. 엄마가 그런 말을 할 때마다 엄청 싫어했는데…….

"에휴, 모르겠다! 어떻게든 되겠지."

나는 이불을 뒤집어썼다. 그래도 한동안 잠들지 못했다. 밤늦은 시간까지 뒤척였다.

4교시가 끝나자마자 나는 학생회실로 갔다. 학생회실에는 아무도 없었다. 일단 서명용지와 홍보물을 놓을 책상을 들고 낑낑거리며 급식실까지 갔다. 급식실 입구는 혼잡하기에 조금 떨어진 복도에 책상을 놓았다. 책상을 놓은 뒤에는 다시 학생회실까지 뛰어가서 홍보물품과 서명용지, 볼펜을 챙겨 왔다. 홍보판을 벽에 붙이고 서명용지를 책상에 올려놓고, 전단지를 들고 섰다. 학교 내 서명운동 규칙 상 서명을 해달라고 크게 소리를 지르면 안 되기에 조용히 말하면서 전단지를 나눠주었다. 다들 급식실 앞에서는 장난도 치고 떠들썩하게 이야기도 나누기에 내 말소리가 제대로 전달되기는 힘들었다. 몇몇은 거절했지만 대부분은 전단지를 잘 받아 갔다.

3학년들이 가장 중요했다. 최미경 선생님 말대로 은지가 우리 학교에서 건강하게 생활한다는 사실을 증명할 학년은 3학년이기 때문이다. 1, 2학년은 숫자를 채우는 의미 이상은 없었다. 3학년이 다 들어가고 곧이어 2학년이 왔다. 2학년들에게는 굳이 전단지를 나눠주지 않고,

궁금해하거나 관심을 보일 때만 주었다.

"언니! 여기서 뭐 해요?"

나혜였다.

나혜는 내 제안으로 학생자치법정에서 생활지도위원으로 활동하는 이태경을 몰아붙이다가 되치기를 당하면서 곤란한 일을 겪었다. 겨우 이태경과 화해를 시키고, 뒷수습을 했는데 그러지 않았다면 큰일날 뻔했다.

나는 전단지를 나눠주고 홍보판을 보라고 알려 주었다.

"아, 그 예쁜 언니! 인성이 쓰레기라던데……."

예상한 반응이었지만 막상 나혜한테 들으니 속이 쓰렸다.

"이건 인성이랑 상관없어. 부당한 일을 당해서 인권위에 진정서를 넣으려는 거야."

"서명하면 인권위에 제 이름이 들어가는 거예요?"

"응. 당연히 서명하면 그렇지."

나혜 얼굴에 곤혹스러운 표정이 스쳤다.

"강요 안 하니까 하기 싫으면 안 해도 돼."

나혜는 미안해하면서도 서명은 하지 않고 자리를 떠났다.

바로 뒤에 학생회 차장들이 몰려왔다. 대화는 비슷하게 이어졌다. 다들 서명을 꺼렸고, 조금은 부담스러워했다. 인권부 차장으로 나와 같이 활동하는 재훈이조차 거부 반응을 보였다.

"지환이 형이 얼마나 험한 꼴을 당했는지 들었어요. 이게 사실 같지도 않지만, 사실이라고 해도 그런 사람을 위해 서명을 해 주고 싶지는 않아요."

그나마 재훈이 입에서는 인성이니 쓰레기니 하는 소리가 나오지는 않았다. 재훈이가 그 정도니 다른 차장들은 말할 것도 없었다.

조금 뒤 내가 학생회실을 오가는 동안 급식실에 들어간 3학년들이 나왔다. 나는 들어갈 때 전단지를 받지 않은 3학년들에게 일일이 전단지를 나누어주었다.

"야, 박채원! 여기서 뭐 하냐?"

빨간 목걸이 명찰을 찬 이태경이었다. 이태경 뒤에는 권우현을 비롯해 이태경과 친한 남자애들이 보였다.

"보면 모르냐? 서명 받잖아."

이태경은 홍보판과 전단지를 빠르게 훑어보았다.

"야, 너도 참 쓸데없는 짓 한다."

"이게 어떻게 쓸데없는 짓이야. 말 함부로 할래?"

"서은지가 어떤지 모르는 애들이 없는데 이게 되겠냐?"

"사정이나 제대로 알고 말해."

나는 은지 문제로 다른 사람과 대화를 나눌 때는 늘 신중한 태도를 취했다. 그러나 이태경한테는 그러고 싶지 않았다. 이태경과 나는 1학년 때부터 자연과학부 활동을 같이 했다. 그때부터 툭하면 싸우고 다퉜다. 학생자치법정에서 나혜와 화해를 시키면서 조금 다르게 보게 되기는 했지만 서로 고운 말을 주고받을 사이는 아니었다.

"사정은 아주 잘 알지. 우리 학교에서 은지한테 당한 애들이 한두 명이냐? 현재를 보면 딱 과거가 보이잖아. 뭘 그렇게 어렵게 생각해?"

"모르면서 그렇게 단정하지 마."

"에고, 그러셔요? 또 너만 맞다고 생각하지?"

"너, 자꾸 이럴래? 서명하기 싫으면 그냥 꺼져."

"네, 네!"

이태경은 혀까지 내밀면서 놀리고는 가 버렸다. 권우현을 비롯한 이태경 친구들도 그냥 지나갔다. 심지어 전단지도 받아 가지 않았다.

"뭐냐, 이건? 지금 도발하는 거야, 나한테?"

김원석이 껄렁껄렁하게 걸어오더니 시비를 걸었다. 김원석 뒤로 노는 애들이 둘러쌌다. 급식실로 들어가려고 줄을 선 2학년들이 겁을 집어먹고 피했다.

"도발 아니야. 그냥 서명 받는 거지."

김원석이 인상을 팍 썼다.

"저년이 나한테 어떻게 누명을 씌웠는지 예나한테 못 들었어?"

김원석은 홍보판에 붙은 서은지 사진을 손가락으로 거칠게 가리켰다.

"들었어. 그리고 은지는 그럴 만한 사정이 있어."

"헐~ 마음도 넓으셔라."

자치법정을 준비하면서 만났을 때와는 분위기가 달랐다. 화가 잔뜩

난 원석이는 솔직히 조금 무서웠다.

"야! 저년을 위해서 서명하란다. 너희들 할 거냐?"

김원석이 뒤에 있는 무리를 향해 거세게 말했다.

"미쳤냐!"

"아무도 하면 안 되지!!"

무리들이 내 주위를 둘러싸며 심한 말을 쏟아 냈다. 2학년들은 겁을 집어먹고 아예 다가오지도 못했다.

"퍽!"

"아얏! 어떤 새끼가……."

김원석이 주먹을 쥐며 몸을 돌렸다.

"야! 네가 깡패냐!"

예나였다.

"깡패라니, 그 무슨 섭섭하게."

김원석이 확 누그러졌다. 김원석은 학교 일진이지만 예나한테는 꼼짝도 못 한다.

"양아치 새끼들처럼 빙 둘러싼 게 깡패짓이 아니면 뭐냐? 그리고 네가 싫으면 서명 안 하면 되지, 왜 남들보다 하라 마라 해."

김원석은 머리를 긁적이더니 주변 무리들에게 눈짓을 했다.

"알았어, 알았다고! 하, 참 나!"

김원석은 홍보판에 붙은 은지 사진을 매섭게 노려보더니 무리를 이끌고 가 버렸다.

"고마워."

내가 말했다.

예나 뒤에는 정린이, 진아, 현지, 유빈이도 있었다.

"이걸 네가 다 만들었어?"

"응! 괜찮아 보여?"

"잘 만들었네. 서명은 좀 받았어?"

나는 고개를 저었다.

"한 명도 없네."

예나는 서명용지를 보며 잠시 망설이는 듯했다. 볼펜을 잠시 만지작거리더니 조심스럽게 놓았다.

"미안해. 아무래도 못 하겠어."

"괜찮아. 이해해."

다른 친구들도 마찬가지였다. 다들 미안해하면서도 서명은 해 주지 않았다.

반 친구들도 지나갔지만 아무도 서명을 하지 않았다. 미안해서인지, 부담스러워서인 모르겠지만 눈을 마주치기도 꺼려하며 황급히 지나갔다.

1학년들이 왔다. 호기심으로 전단지는 잘 받아 갔지만 서명은 아무도 하지 않았다.

"채원아!"

나은이다.

나은이 뒤에는 남자친구인 수혁이도 있었다. 저 둘은 점심시간이면 바늘과 실처럼 같이 다닌다.

나은이는 오자마자 서명용지부터 살폈다.

"한 명도 없네."

나은이는 안타까워했다.

그러더니 볼펜을 쥐었다.

"나라도 해 줄까?"

"넌, 은지 말 안 믿잖아."

"그렇긴 해."

"믿지 않으면 해 주지 마."

나은이는 볼펜을 내려놓았다.

"내가 혹시라도 가능성이 있으면 믿어 보려고 기사도 찾아보고, 그 학교 학생들과 교직원들 과거 SNS도 뒤져 봤어. 이런 말하면 좀 그런데, 심지어 은지 부모님 계정까지 알아내서 모조리 읽었는데……."

나은이는 1, 2학년 때 컴퓨터과학부에서 활동했을 만큼 컴퓨터를 잘 다룬다. 프로그램 만들기는 기본이고, 해킹도 할 줄 알고 빅데이터 분석도 꽤 하는 실력이다. 인터넷에서 자료를 찾아내는 능력은 보통 학생들과 비교 불가한 수준이다. 그런 나은이기에 은지 부모님 계정까지 찾아내서 읽어 봤다는 말이 믿어졌다.

"너한테 자세한 자료를 보여 주면 네가 실망할까 봐 안 보여 줬어. 그런데……, 아무리 좋게 생각하려고 해도 은지 말은 믿기 힘들어. 이런 말은 좀 그런데…… 피해의식에 젖어서 자기 멋대로 망… 아니 상상으로……."

"망상이란 거지?"

나는 나은이가 내 눈치를 살피느라 쓰지 않은 낱말을 콕 찍어서 말해 주었다.

"휴, 그래! 망상. 나도 네 말을 믿어 보려고 열심히 찾아봤는데……. 진짜라고 믿기에는 근거가 단 일도 없어. 아예! 깨끗하게. 이건 99%도 아니고, 그냥 99.99999%야."

나은이가 어떻게든 나를 믿어 보려고 그렇게까지 노력했다는 사실이 무척 고마웠다.

"그래도 100%는 아니네."

나는 피식 웃었다.

"내가 보기엔 너무나 명확해. 인터넷도 그렇고, 우리가 본 은지도 그렇고. 채원아! 그만두면 안 돼? 은지랑 너는 아무 관계도 없잖아. 인성도 별로고, 너한테 잘해 주지도 않는 애한테 정성을 쏟을 필요는 없잖아. 안 그래?"

구구절절 내 속마음을 설명하고 싶지 않았다.

"조금만 더 있다가 나도 밥 먹으러 갈게."

나는 일부러 엉뚱한 대답을 했다.

나은이는 시무룩해지더니 수혁이와 같이 사라졌다.

1학년도 급식실 안으로 거의 다 들어가서 대기 줄은 사라졌다. 급식을 다 먹은 2학년들이 나오고 있었다.

그때 은지가 지나갔다. 늘 보는 모습 그대로였다. 한 점 흐트러짐 없는 자세로 마네킹 표정을 지으며, 옆으로는 눈길도 주지 않고 지나갔다. 은지 뒤를 눈으로 쫓았다. 뒷모습은 앞에서 봤을 때보다 더 예뻤다. 하늘하늘 흔들리는 머릿결이 참 고와 보였다. 머리카락이 봄바람 같았다.

까칠한 기운이 느껴졌다.

"안녕하세요?"

얼른 인사했다.

급식 지도 선생님이었다. 지나가면서 얼굴을 본 적은 있지만 이름은 전혀 모르는 선생님이었다.

"학교에서 이런 활동하는 거, 부모님이 아시니?"

말 빛깔에서 꼰대 기운이 물씬 풍겼다.

"네."

공손하게 대답했다.

"이걸 허락해 주셨다고? 쯧쯧쯧."

"네."

"공부에도 방해되고, 학교에도 폐를 끼치는 짓인지는 알고 허락하신 거냐?"

"부모님은 저를 믿으세요."

"쯧쯧쯧. 어쩌자는 건지."

선생님은 홍보판을 못마땅하게 한참 동안 노려보고는 사라졌다.

은지를 막대했던 선생님들이 떠오르면서 불쾌한 기분이 뭉텅이 채로 기도를 타고 넘어오려고 했다.

1학년들이 빠른 걸음으로 내 앞을 지나쳐 갔다. 나는 서명용지를 챙겼다. 전단지는 다 떨어지고 없었다. 전단지를 다시 복사하려면 돈이 들 텐데 용돈도 다 써 버렸기에 어떻게 해야 할지 고민이었다. 홍보판과 책상까지 낑낑거리며 챙겨 들고는 급식실로 갔다. 책상과 물건을 급식실 한 귀퉁이에 놓아 두고 급식을 받으러 갔다.

"서명은 많이 받았어?"

영양사 선생님이었다.

"아뇨. 거의."

'한 명도'라고 하려다가 말았다.

"내일도 할 거지?"

"네!"

"그럼 홍보판이랑 책상은 굳이 학생회실로 가져다 놓지 말고 여기에 둬. 그래야 편하잖아."

"감사합니다."

"난 지지해! 서명해 줄 처지는 아니지만."

급식실 앞에서 서명을 받은 뒤로 처음 받아 보는 격려였다.

"나도 은지를 두 번 만나 봤는데 뭔가 있었어. 망상에 빠질 만한 애는 아니야."

선생님은 그러면서 따끈한 불고기를 한가득 담아 주셨다.

"너 주려고 일부러 챙겨 놨어. 맛있게 먹어."

시간이 갈수록 점점 힘이 빠졌는데 영양사 선생님 덕분에 힘이 났다.

감사 인사를 드리고 거의 비어 가는 급식실에 앉아 혼자 밥을 먹었다. 따로 챙겨 주신 불고기가 맛있었다. 급식을 다 먹을 때쯤에는 급식실 안에 나밖에 없었다.

"맛있게 먹었어?"

이선혜였다. 선혜는 천사처럼 착하고 마음씨가 곱다.

"청소하다가 종이가 이곳저곳 떨어져 있어서 읽었어."

선혜는 급식도우미로 활동 중이었다.

'혹시 선혜라면?' 하는 생각이 퍼뜩 스쳤다. 착한 선혜라면 서명을 해 줄지도 모른다. 다들 은지를 이상하게 여기며 헐뜯고 멀리해도 착한 선혜라면 다를지도 모른다. 서명용지를 얼른 가져와야 할까?

"애들이 밥 먹으면서 하는 얘기도 들었는데, 너한테는 미안한 얘기지만 다들 은지 욕만 했어."

예상은 했지만 전단지를 읽고도 다들 그랬다고 하니 실망감이 컸다.

"애들이 그럴 만해. 솔직히 말하면 나도 은지한테 크게 데었어."

은지가 같은 반도 아닌 선혜와는 또 어떻게 부딪쳤는지 모르겠다. 더구나 선혜는 착해서 은지 눈에 거슬릴 만한 말이나 행동을 했을 리도 없는데…….

"미술실에서 수업 교대하는 시간에 마주쳤거든. 다들 가고 혼자 정리하는 걸 보고 먼저 도착한 내가 좀 도와줬더니 느닷없이 '착한 아이 놀이는 그만해.' 하는 거야. 은지 소문은 들었지만 직접 만난 건 처음인데, 그런 소리를 나한테 대뜸 하다니 뜻밖이었어. 그래도 나는 아니라고 그냥 도와주고 싶어서 하는 거라고 했더니, '연민은 양심에 마약을 집어넣는 짓'이라며 쏘아붙이고는 가 버리는 거야."

은지에게는 적이 너무 많았다. 왜 그렇게 부딪치는 사람마다 안 좋은 인상만 심어 주는지 모르겠다. 자신에게 잘 대해 주려는 사람에게까지 왜 그러는 건지 모르겠다.

"네가 나눠준 전단지만 보면 나도 서명해 주고 싶은데, 내가 겪은 은지를 생각하면 못 하겠어. 그런 성격이라면 전에 학교에서도 잘 보냈을 것 같지는 않아."

불고기를 먹고 기운을 차렸는데, 선혜 말을 들으니 기운이 다시 쭉 빠졌다.

09

텅 빈 서명용지

다음 날은 아예 애들이 나를 무시하고 지나갔다. 친구들은 미안한지 못 본 척 지나가 버렸다. 다음 달 용돈까지 미리 받아 전단지를 복사했는데, 이제는 전단지조차 받아 가지 않았다.

* *

그다음 날도 마찬가지였다. 전단지는 수북하게 쌓인 채 줄어들지 않았다.

* *

그다음 날도 똑같았다. 내 앞을 지날 때는 다들 발걸음을 빨리했다. 여전히 서명용지에는 어떤 이름도 적히지 않았다.

* *

"그 정도 노력했으면 충분하지 않아. 이제 그만하는 게 어때?"

학생주임 선생님이었다. 2학년 때 담임 선생님이었는데 엄격하게 생활지도를 했지만, 학생들 목소리에 귀를 기울일 줄도 아는 선생님이었다.

"할 때까지는 해 보려고요."

그렇게 말했지만 내 말에는 힘이 없었다. 포기라는 낱말이 약해진 내 마음을 비집고 서서히 들어오고 있었다.

선생님은 텅 빈 서명용지를 확인하더니 알 듯 모를 듯한 표정을 지었다.

"걱정했던 대로 저쪽 학교에서 항의가 들어왔어."

나는 묵묵히 들었다.

"우리 학교 애들 가운데 누가 SNS에 사진을 찍어서 올렸나 봐. 그게 저쪽 학교에도 알려졌고. 서로 합의를 해서 전학을 시켰는데 거짓 주장으로 자기 학교 명예를 실추시키는 행위를 방관하고 있다면서 교육청에도 항의를 한 모양이야. 교장 선생님이 지금 굉장히 난감해 하셔."

학생주임 선생님이 나를 찾아온 까닭을 알 만했다.

"못 하게 하실 건가요?"

내가 물었다.

"아직까지는……."

선생님은 서명용지에 다시 눈길을 주었다.

'아직까지'란 말에는 계속하도록 두겠지만 언제든지 그만두게 할 수 있다는 뜻도 포함되어 있었다. 아무래도 텅 빈 서명용지가 선생님에게 관대함을 발휘하도록 만들어 준 듯했다. 씁쓸했다.

"언제까지 할 거니?"

"할 수 있을 때까지는 하려고요."

선생님이 고개를 끄덕였다.

"이제 기말고사 공부도 해야 하지 않니? 네가 가려는 고등학교에 진학하려면 더 열심히 준비해야 할 텐데."

"진심으로 걱정하시는 거예요? 아니면 그만두게 하려고 그러시는 거예요?"

"강제로 그만두게 할 생각은 없어. 교장 선생님은 그런 뜻을 내비쳤지만, 나는 학생이 옳다고 믿는 신념을 위해 벌이는 도전을 억지로 그만두게 하면 안 된다고 생각하거든."

선생님이 그렇게 말해 주어서 고마웠다.

"포기해야 할 때 포기할 줄도 알아야 해."

* *

나는 포기하지 않았다. 끝까지 가 보기로 했다. 내 안에 이런 고집이 있으리라고는 상상도 못 했지만, 끝까지 가기로 했다. 그 끝이 어디쯤일지는 모르지만 갈 데까지 가야겠다고 마음먹었다. 서명용지에는 여전히 볼펜 자국 하나 없었고, 전단지는 수북이 쌓인 채 줄어들지 않았다.

* *

친구들과도 점점 소원해졌다.

은지는 여전히 찬바람을 일으키며 지나갔다.

짝꿍이었지만 대화는 없었다.

* *

시험기간이 다가왔다.

* *

쓸쓸하고, 외로운 날들이었다.

…

은지도 이럴까?

급식실 앞 새로운 줄

"언니!"

멍하니 서 있는데 나혜가 불렀다.

"저, 언니 옆에 서 있어도 되죠?"

나혜는 전단지 한 장을 들더니 내 옆에 섰다. 지나가는 사람이 잘 보이도록 두 손으로 전단지 귀퉁이를 잡고는 가슴까지 들어올렸다.

"죄송해요. 늦어서."

맨 첫 줄 서명용지에 정나혜란 이름이 적혀 있었다.

"제가 힘들 때 가장 먼저 제게 와 준 사람이 언니였는데, 너무 늦었죠? 저는 은지 선배는 안 믿지만, 언니는 믿어요."

가슴이 뭉클했다.

"제가 도움이 되지는 않을 거예요. 제 친구들이 있지만 저만 보고 이런 데 서명해 줄 애들은 아니거든요. 도움은 안 되겠지만, 언니 옆에 한 명이라도 서 있는 모습을 보여 주고 싶어서 왔어요. 그래도 괜찮죠?"

급식 줄이 사라질 때까지 나혜는 나와 같이 나란히 서 있었다. 둘이 아무 말도 나누지 않았지만 마음은 든든했다.

* *

"넌 뭐냐?"

그다음 날, 이태경이 오더니 불쑥 서명을 했다.

"왜? 서명하면 안 되냐?"

이태경이 삐딱하게 말대꾸를 했다.

"계속 모른 척하다 갑자기 이러니까 그렇지."

"하여튼 해도 지랄이야!"

"뭐, 지랄? 너~!"

"나혜가 협박해서 온 거지 너 때문에 온 거 아니니까 신경 끄셔!"

그러고는 이태경은 전단지 한 장을 챙겨 들더니 나혜 옆에 섰다. 이태경은 나혜와 마찬가지로 전단지를 두 손으로 잡고는 가슴까지 오게 했다.

나혜가 묘한 눈으로 이태경을 보았다.

아무래도 둘 사이에 뭔가 있다. 그런데 나혜가 저 통통이를?

* *

다음 날, 권우현이 오더니 서명을 하고는 이태경 옆에 전단지를 들고 섰다.

"태경이가 오라고 해서 왔어."

권우현은 이태경에게는 둘도 없는 친구다.

* *

그다음 날, 유빈이가 왔다.

"미안해, 내가 늦었지."

그리고 진아도 왔다.

"미안해, 내가 너무 오래 망설여서."

유빈이와 진아도 전단지를 들고 권우현 옆에 섰다.

밥 먹으러 갈 때 그냥 갔던 예나가 나오더니 갑자기 서명을 했다.

"왜, 갑자기?"

"은지는 꼴 보기 싫지만, 네가 고생하는데 더는 그냥 있기 싫어서."

예나도 전단지를 들고 진아 옆에 섰다.

줄이 점점 길어졌다.

"야! 김원석! 그냥 갈 거냐?"

예나가 지나가는 김원석을 멈춰 세웠다.

"서명해!"

"뭐야? 내가 왜? 저년 싫다니까!"

"자꾸, 저년이라고 할래?"

"날 학폭위에 고발했는데 그럼 년이라고 하지 뭐라고 하냐?"

"그래서 서명할래, 말래?"

"안 하면……?"

"나랑 절교하려면 그렇게 하고."

"야! 그건 심하잖아."

"어떻게 할래?"

"아, 씨, 진짜! 알았어, 알았어. 하면 될 거 아냐."

김원석은 서명용지에 이름을 휘갈겨 썼다.

"깨끗하게 안 써!"

예나가 나무랐다. 철없는 아들을 나무라는 엄마 같았다.

김원석은 학교, 반, 번호, 전화번호를 깔끔하게 썼다.

"그 옆에 의견 칸은 왜 비워 두는데?"

"이것도 써야 하는 거야?"

"당연히 칸이 있으면 채워야지. 그게 수학 주관식 문제냐? 비워 놓게."

"뭐라고 써야 돼?"

"네가 늘 하는 말 있잖아."

"아! 그거 괜찮네."

그러더니 김원석은 의견 칸에 '정의는 살아 있다.' 하고 썼다.

서명을 한 김원석이 가려고 했다.

"어딜 가? 내 옆에 서."

"하, 진짜! 쪽팔리게."

"넌 내가 쪽팔리냐?"

"알았어, 알았다고."

김원석은 마지못해 전단지를 들고 예나 옆에 섰다.

"야, 새끼들아! 뭘 그렇게 멀뚱멀뚱 봐. 빨리 서명들 해."

김원석이 자기를 따라오던 무리에게 명령을 내렸다. 그러자 모두들 앞다투어 서명용지에 이름을 적었다.

"나, 잘했지?"

"그래, 아주 잘했어!"

예나한테 칭찬을 듣자 김원석이 깔깔거리며 웃었다.

"거기 누가 그렇게 크게 웃냐? 급식실 앞에서."

급식 지도 선생님이 야단치는 소리가 들렸다.

* *

다음 날은 주말이었다.

월요일, 시험을 일주일 남긴 날이었다.

나는 여느 때와 마찬가지로 홍보물을 붙이고 책상 위에 서명용지와 전단지를 놓고 섰다. 내 옆에는 정나혜, 이태경, 권우현, 최유빈, 이진아, 이예나, 김원석이 섰다.

나은이가 남친인 수혁이와 같이 왔다.

"수혁이가 너 안 도우면 배신이래."

나은이와 수혁이는 서명을 하고 김원석 옆에 섰다.

지성규가 갑자기 와서 서명을 했다.

지성규는 맨날 지구평평설이 어쩌니, 외계인 납치가 어쩌니 하는 이상한 주장을 하는 남자애다.

"넌 왜 서명해?"

예상치 못한 등장이었기에 황당해서 물었다.

"음모를 깨뜨리는 건 좋잖아."

그러고는 전단지를 들고 이수혁 옆에 나란히 섰다.

빨간 목걸이 명찰을 맨 홍성현과 이나현이 같이 왔다. 홍성현은 학생생활지도위원회 학생위원장으로 학생자치법정 때 검사 대표로 활동했다. 이나현은 학생자치법정에 증인으로 나와 학교 벌점 규칙과 단속에 대한 깊은 인식을 보여 주었다. 둘은 말없이 서명을 하고, 전단지를 들고, 지성규 옆에 섰다.

조금 뒤 생활지도위원이고 학생자치법정 때 검사로 맹활약했던 박성혜가 나타났다. 박성혜도 말없이 서명하더니 전단지를 들고 홍성현 옆에 섰다.

유정린이 왔다.

송현지가 왔다.

이선혜도 왔다.

이창훈도 왔다.

최재훈도 왔다.

모두 서명을 하고 전단지를 들고는 나란히 섰다.

그렇게 급식실 앞에 또 다른 줄이 생겼다. 다들 전단지를 들고 말없이 서 있었다.

마지막으로, 지환이가 왔다.

지환이는 서명을 하더니 전단지를 집어 들었다.

"은지가 질색이라며? 믿음도 안 가고."

고마웠지만 괜히 쏘아붙였다.

"네가 이 정도까지 하는 걸 보면 내가 잘 모르는 뭔가가 있다는 생각이 들었어. 옆에 서도 되지?"

* *

늘 아무렇지 않게 지나가던 은지는, 나혜가 온 날부터 급식실에 아예 나타나지 않았다.

네 문제, 우리 문제

“서명은 마무리한 거니?”

“네.”

“보니까 애들이 길게 줄을 서서 서명을 하던데, 기대한 만큼 됐어?”

“쌤 덕분에. 꽤 많이 됐어요.”

“비꼬는 듯하구나.”

“아뇨. 제가 왜 쌤을 비꼬겠어요.”

“참, 그쪽 학교에서 항의가 들어왔다는 말은 들었지?”

“네. 학생주임 쌤이 전에 찾아와서 말씀해 주셨어요.”

“그때는 교육청을 통해서였고, 어제는 재단 관계자가 직접 찾아와서 강력하게 항의하고 갔어.”

"그래요? 그 정도일 줄은……."

"교장 선생님이 매우 곤혹스러워하셔."

"교장 선생님께는 죄송하지만, 잘됐네요. 어쨌든 공론화되면 좋은 거니까."

"그나저나 나는 왜 찾아온 거야?"

나는 서명용지를 내밀었다.

"이걸 왜?"

"서명 부탁드리려고요."

담임 선생님은 몸을 뒤로 쭉 빼더니 두 손으로 깍지를 끼고는 나를 지그시 바라봤다.

"쌤도 서명해 주세요."

선생님은 깍지를 낀 채 마주 댄 엄지를 일정한 간격으로 계속 부딪치게 했다.

"이거 막나가자는 거지?"

"은지는 선생님 제자잖아요."

"이건 쉽게 결정할 문제가 아니야. 나는 교사고, 내가 서명을 하면 그에 따른 책임도 져야 해. 무엇보다 쌤은 은지 말에 신뢰가 가지 않거든. 그건 네가 잘 알 텐데."

"꼭 믿어서 서명하시라는 건 아니에요. 선생님 반 제자여서 부탁드리는 거죠."

선생님 엄지가 빠르게 움직였다.

"쌤 말씀처럼 은지가 꾸며 낸 말이라면 인권위 조사를 통해서 확실히 드러날 거잖아요. 은지 말이 사실이라면 은지는 누명을 벗고 명예를 회복하는 거고."

"이건 다른 학교 문제야."

"아뇨. 우리 문제예요."

"은지가 우리 학교에 다닌다고 우리 문제가 되지는 않아."

"아뇨."

나는 단호히 대답했다.

"누구든 겪을 수 있는 문제니까 우리 문제예요. 은지와는 다르겠지만 억울한 일을 당한 사람은 수도 없이 많아요. 쌤도 아시듯이 예나 친구인 성욱이도 억울하게 이준석에게 당해서 강제전학을 갔어요. 저도 언제든 은지나 성욱이 꼴이 될 수 있다고 생각해요. 그렇게 보면 저는 그냥 운이 좋았을 뿐이죠. 저도 운이 나쁘면 어찌 될지 몰라요."

선생님은 깍지를 풀고 왼손으로 서명용지를 들었다.

"쌤이 저한테 은지를 도와주라고 하셨잖아요. 이제 제가 쌤께 부탁드릴게요. 은지를 도와주세요. 쌤 도움이 필요해요."

"난 확신하지 못해."

"확신은 필요 없어요. 쌤이 서명해 주면 어쨌든 은지가 정신이 이상하다는 선입견이 조금은 없어질 거고, 그러면 진상조사를 하는 데 도움이 될 테니까요. 제가 친구들 도움을 받아서 알아봤더니 은지 정신이 이상하다는 핑계로 제대로 조사도 안 했더라고요. 그 학교 상담 선생님 의견서가 끼친 영향이 컸나 봐요. 그러니까 쌤이 꼭 서명해 주셔야 해요."

선생님은 서명용지를 다시 바닥에 내려놓았다. 왼손을 서명용지 위에 올려놓고 집게손가락으로 서명용지를 연신 두드렸다.

"친구들은 제가 힘들어하니까 은지 말을 신뢰하지 않으면서도 저를 위해 제 곁에 섰어요. 저를 동정하지도 불쌍하게 여기지도 않고 그냥 제 옆에 같이 있어 주었어요. 저는 그게 진짜 돕는 거라고 생각해요. 지금 은지에게는 가만히 옆에 있어 주는 사람이 필요해요. 진실이 어떻든 은지 곁에는 진실한 친구, 신뢰하는 선생님이 필요해요."

착각인지 모르겠지만 선생님 눈빛이 점점 따뜻하게 바뀌었다.

"쌤이 그랬잖아요. 참된 친구가 있으면 은지도 달라질 거라고. 저는 쌤이 알려 주신 대로 하는 거예요."

나는 간절함을 담아 선생님을 바라보았다.

"전에 쌤이 저한테 물으셨죠. 어떻게 다른 사람 말은 하나도 안 믿고 은지 말만 믿냐고. 그때는 확신이 없어서 답을 못 했지만, 이제는 그 답변을 확실히 할게요. 저는 은지 친구예요. 그러니까 은지를 믿어요. 세상이 모두 은지를 안 믿어도 저는 은지를 믿어요."

그때 상담실 안쪽 문이 소리 없이 열렸다.

갑자기 문이 열려서도 놀랐지만, 열린 문으로 나타난 사람을 보고는 더욱 놀랐다.

"은지야! 네가 왜 거기에……."

열린 문 뒤에 서 있는 은지는 늘 보던 그 모습, 그 표정 그대로였다.

"쌤? 이게 무슨……."

"네가 오기 조금 전에 은지가 왔어. 너를 설득해 달라고 부탁했어. 서명을 그만두게 하고, 진정서도 내지 말게 해 달라고. 조사가 들어가면 또다시 그 사람들과 만나야 하는데 그러기 싫다고."

아, 이런! 어쩌면 나는 가장 중요한 점을 놓치고 있었는지도 모르겠다. 인권위 조사가 시작되었을 때 은지가 피해 버리면 아무 것도 안 되는데……. 그걸 생각지도 못하고 있었다니…….

"네가 갑자기 오는 바람에 대화를 끝까지 못했고, 은지가 너랑 마주치기 싫다고 해서 저 방에 있으라고 한 거야."

잠시 진한 침묵이 흘렀다.

나는 뭐라고 말해야 할지 갈피를 잡지 못했다.

그때 은지가 느리게 걸어왔다. 그러고는 선생님 앞에 놓인 서명용지를 자기 쪽으로 끌어당기더니 볼펜을 들었다. 그러고는 아무렇지 않게 서명용지에 자기 이름을 썼다. 소속 칸에는 늘품중학교 3학년 1반이라고 쓰고, 그 옆에 자기 전화번호도 적었다. 마지막으로 의견란에 이렇게 썼다.

이건 제 문제일 뿐 아니라 우리 문제입니다.

서명을 마친 은지는 볼펜을 서명용지 위에 올려놓았다. 그러고는 서명용지를 선생님 방향으로 돌리더니 선생님이 앉아 있는 쪽으로 밀었다. 은지는 변함없는 얼굴빛으로 선생님을 뚫어지게 쳐다보았다. 은지에게서 한 번도 느낀 적 없는 강한 에너지가 뿜어져 나왔다. 선생님은 그런 은지를 가만히 바라보더니 볼펜을 집어 들었다.

"소속에 서은지 학생 담임 선생님이라고 써야겠지?"

집안일 돕기?

"도움반이란 말은 차별 아닐까?"

기말고사가 끝난 뒤 인권부 2학기 사업계획을 준비하면서 학교 내 차별 언어에 대해 검토하다가 차장인 재훈이와 논쟁이 벌어졌다.

"그런 면도 있지만, 실제로 도움이 필요하잖아요. 도움반이란 말을 들으면 배려해야겠다는 생각을 자연스럽게 하게 만드니 괜찮다고 봐요."

"도움반이란 말은 그들을 도와야만 하는 대상으로 삼는 거잖아. 스스로 살아갈 힘도 있고, 나름 잘하는 것도 있는데 말이야."

"그렇다 해도 많은 배려가 필요한 건 사실이잖아요."

"무엇보다 그 친구들 스스로 자신은 도움을 받아야만 살아가는 존재, 남에게 의지하지 않으면 주체가 되지 못하는 사람으로 스스로 한계를 짓게 만드는 악영향이 더 크지 않을까?"

"도움이 필요한 사람은 확실히 도와줘야 한다고 인식하게 해 주는 명칭은 괜찮다고 봐요. 도움이란 말이 꼭 상대를 대상화하는 건 아니잖아요? 우린 서로 돕고 살아야 하고, 꼭 필요한 도움은 주어야 하죠."

"그래, 우린 모두 도움이 필요해. 그렇다면 너나 나도 도움반이라고 불러야지, 왜 그들만 따로 도움반이라고 부르지?"

논쟁은 결론을 내리지 못한 채 끝났다.

회의를 길게 하고 집에 오니 아빠가 이미 와 있었다. 엄마와 동생은 보이지 않았다.

나는 곧바로 재훈이와 벌였던 논쟁을 이야기하며 아빠 의견을 물었다. 아빠는 명확히 의견을 밝히지는 않은 채 앞치마를 걸치더니 설거지를 하려고 부엌으로 갔다.

나는 설거지하는 아빠를 두고 방으로 들어가서 생활복을 벗고, 편한 옷으로 갈아입었다. 그러고는 냉장고에서 음료수를 꺼내어 거실에 앉았다. 그러고는 설거지하는 아빠 모습을 사진으로 찍었다. 음료수를 마시면서 휴대전화로 친구들과 단체대화방에서 문자로 대화를 나누었다. 나는 아빠가 설거지하는 사진을 전송했다. 친구들은 아빠가 집안일을 잘 돕는다면서 부러움과 찬사를 쏟아 냈다.

설거지를 마친 아빠가 앞치마를 벗고 내 옆으로 와서 앉았다. 아빠

손에도 음료수가 들려 있었다. 나는 친구들이 보인 반응이 자랑스러워서 아빠에게 단체대화방을 보여 주었다. 아빠는 빙그레 웃으며 좋아하셨다.

"조금 전 질문."

"응, 아빠! 아빠 생각은 어때?"

"그거 답하기 전에, 너는 아빠가 집안일을 돕는다고 생각하니?"

"무슨 말이야?"

"아빠가 집안일을 돕는다고 문자에 잔뜩 있어서 물어보는 거야."

나는 아빠 의도를 파악하지 못해 말문이 열리지 않았다.

"아빠는 집안일을 돕는다는 생각을 한번도 한 적이 없어서. 집안일을 돕는다는 말에는 아빠는 집안일을 책임지는 사람이 아니라는 뜻이 있거든. 아빠가 집안일을 돕는 사람이라면 도대체 집안일은 누구 책임이라는 걸까? 아마도 엄마가 책임지는 사람임을 암시하는 말이겠지? 아빠는 엄마만 집안일을 책임져야 하는 사람은 아니라고 생각해. 집안일은 가족 모두에게 책임이 있어. 그런 점에서 우리 채원이는 조금 무책임한 편이야, 그치? 공부 핑계로 집안일도 별로 안 하고, 어쩌다 집안일을 할 때도 도와줬다고 생색내니까."

아빠는 웃으며 말했지만 나는 무척 부끄러웠다.

"이처럼 돕는다는 말을 잘못 쓰면 엉뚱한 편견을 만들기도 해. 채원이가 조금 전에 물어본 질문에 대한 아빠 의견은 이걸로 충분하지?"

울퉁불퉁한 손가락

"들었어? 파업한대."

"파업? 누가?"

"급식실 조리원 아주머니들 있잖아. 파업한다고."

"아니, 그러면 파업하는 동안에는 맛있는 급식을 못 먹는 거야?"

"당연하지. 빵이나 도시락을 대신 준다는데?"

"아, 안 돼!"

급식 조리사 분들이 파업한다는 소식이 전해지자 학교가 떠들썩했다. 특히 우리 학교 급식은 가장 큰 자랑이자 기쁨이기 때문에 충격은 더 컸다. 애들은 별 생각 없이 불만을 쏟아 냈다. 파업을 하면 어떡하냐는 의견이 주류를 이루었다.

학생회에서는 긴급 간부회의를 열었다. 학생회 간부들도 처음에는 불만을 쏟아 냈다. 가만히 의견을 듣던 지환이가 작은 책자 하나를 나눠주었다. 책자를 열자마자 굽고, 울퉁불퉁하고, 거칠고, 상처를 잔뜩 입은 손을 찍은 사진이 여러 장 보였다. 학교급식 조리사 분들 손을 찍은 사진이었는데, 그 처참함에 가슴이 아팠다.

사진 뒤에는 급식 조리사분들이 얼마나 많이 아프고, 다치고, 고생하는지를 생생하게 보여 주는 글과 자료가 실려 있었다. 그리고 파업을 하는 목적이 명시되어 있었다. 인력충원과 처우개선!

자료를 다 읽고 죄송스러웠다. 나는 늘 맛있게 먹기만 했을 뿐 그렇게 힘들게 일하시는 줄은 전혀 알지 못했다. 점심때마다 환하게 우리를 대해 주시기에 편하고 즐겁게 일하는 줄 알았다. 천 명이나 되는 학생들이 먹을 튀김을 만들기 위해, 고기를 굽기 위해, 면을 삶기 위해 얼마나 고통스러운 노동을 하는지 알지 못했다. 그로 인해 얼마나 많이 다치고, 병이 들고, 심지어 돌아가시기까지 하는지 미처 몰랐다.

우리들 바로 옆에 또 다른 은지가 있었다. 우리 곁에 내가 모른 채 지나갔던 은지들이 얼마나 많았던 걸까? 내가 누리는 혜택이 누가 희생한 결과라면 그것은 나쁜 짓이다. 그 사실을 몰랐다 해도 나쁜 짓을 했다는 사실에는 변함이 없다.

자료집을 다 본 뒤에는 파업에 대한 불만이 쏙 들어갔다.

"학생회 이름으로 파업 지지 성명을 내자."

지환이가 제안했다. 나는 적극 찬성했다. 그리고 전날까지 학생회 간부들이 나서서 급식실 앞에서 피켓을 들고 파업 지지 시위를 하자는 제안도 했다. 다들 찬성했다.

바로 그날 피켓을 만들었다. 그다음 날 점심부터 간부들끼리 피켓을 들고 섰다. 그때 급식이라고 하면 사족을 못 쓰는 이태경이 급식을 먹으러 들어가지는 않고 우리 옆에 나란히 섰다.

"파업하면 밥 못 먹는다고 투덜거리더니, 왜 왔냐?"

이태경이 멋있는 척하며 말했다.

"밥보다 사람이 먼저잖아."

감은 햇살을 어떻게 나눌까?

진학을 위한 마지막 관문인 면접시험을 마친 날, 아빠는 고생했다며 나를 데리고 가을 여행을 떠났다.

"달리기만 하면 사람이 못 견뎌. 때때로 쉬어 가야지."

그러면서 아빠는 내게 체험학습을 권했고, 아빠도 연차를 냈다. 여행 내내 아빠는 시험이나 공부에 대해서는 일절 말을 꺼내지 않았다. 오랜 시간 가만히 걸었고, 풍경을 보고, 맛있는 걸 먹고, 가벼운 이야기를 나눴다.

넷째 날, 끝없이 이어지는 시골길을 걸었다. 식당도 보이지 않고, 때마침 간식도 떨어져서 배가 고팠다.

"지도를 보니 5km만 걸어가면 가게가 나오네."

아빠는 '만'이라고 했지만 내게는 까마득히 '먼' 거리였다. 투덜대봐야 달리 방법이 없기에 묵묵히 따라가는 수밖에 없었다. 구불구불 이어진 길을 따라 걷는데 작은 시골 마을이 나왔다.

"허이고, 어째 이쁜 딸내미를 그리 고생시키는 겨. 이리 와 봐."

감나무 밑에서 홍시를 따는 할머니가 우리를 불렀다.

"이거 한번 먹어 봐. 아주 달아."

그러고는 빨갛게 익은 홍시를 우리에게 내밀었다.

"감사합니다."

꾸벅 인사를 하고 툇마루에 앉아 홍시를 한입 베어 먹었다. 맑은 소리와 상큼한 맛이 입안을 채웠다. 할머니 말씀대로 아주 달았다.

아빠는 툇마루에 앉아 할머니와 이런저런 이야기를 나누었다. 나는 따스한 햇살을 받으며 시골 풍경에 젖어들었다. 구불구불하게 자란 감나무에는 아직 따지 않은 굵은 감들이 주렁주렁 달려서 붉게 빛났다. 해는 감나무에도 골고루 햇살을 나누어주었다.

문득 그런 의문이 들었다.

'감은 해에게서 받은 햇살을 어떻게 나눌까?'

비 오는 날

합격자 발표를 하는 날, 겨울인데 장대비가 내렸다. 나는 떨리는 마음으로 결과를 기다렸다. 그때 문자가 왔다. 은지였다.

인권위 진정 합의서 작성했어.

진정 합의서를 찍은 사진을 보내 주었는데, 사진은 총 3장이었다. 나는 합의서를 꼼꼼하게 읽어 보려고 사진 파일을 내려받았다.

고마워. 네 믿음이 날 살렸어.

은지가 그렇게 말해 주니 나도 무척 고마웠다. 나는 '믿음이 날 살렸어'란 문장을 몇 번이고 되풀이해서 읽었다.

겨울비를 보다가 너와 어울리는 글귀를 찾아냈어.

세찬 빗소리를 들으며 은지가 보내온 글귀를 읽었다. 비에 젖은 글귀가 내 마음까지 촉촉이 적셨다.

●

참된 도움은
우산을 씌워주는 것이 아니라
함께 비를 맞는 것입니다.

- 신영복 -

“행복한나무” 청소년 기획위원 정가인이 읽은 『수상한 중학생들의 착한 연대』

대부분 원고에 표기해 놓았지만 초반에는 캐릭터의 감정선이 조금씩 어긋나거나 잘 이해되지 않았습니다. 아예 납득하기 어려운 수준은 아니었지만, 감정선이 좀 과잉된 느낌을 받았습니다. 스토리의 흐름에 따라 캐릭터들이 자연스럽게 감정을 느끼는 것이 아니라 감정선을 미리 정해 놓고 거기에 맞춰 캐릭터가 움직이고 사건이 전개되는 것처럼 느껴졌어요.

그리고 등장인물이 많고 중간에 언급되는 인물들도 많아 몰입이 잘되지 않았습니다. 이 책이 전작들과 세계관을 공유한다지만 전작을 아직 읽지 않은 저로서는 설명이 필요하다고 느껴지는 부분도 많았습니다.

특히 자치법정이나 교장 선생님과 면담은 맥락상 내용을 알 수는 있지만, 주인공을 따라 자연스럽게 이해하고 받아들이기가 조금은 힘들었습니다. 다행히 후반으로 갈수록 감정선과 추가 캐릭터에 대한 이해가 되면서 내용에 공감할 수 있었습니다. 그래서 소설 초반에 어렵다는 생각이 들어 이 책을 읽는 걸 포기한다면 너무너무 아쉬울 것 같아요.

사건이 완전히 해결되지 않은, 특유의 열린 결말이 이번에도 아주 멋졌습니다. 사건을 해결해서 억울함을 푸는 것이 아니라, 누군가 자신이 하는 말을 믿어 주고 옆에 있어 주는 것만으로도 충분한 위로와 안정감을 가져다준다는 교훈이 더욱 잘 드러나는 것 같았어요. 이 소설에서 말하고 싶은 '연대'라는 키워드와도 잘 맞는 것 같고요.

개인적인 바람이라면 초반에 은지가 봄을 닮았는데 봄이 아니라는 언급이 있는 만큼, 마지막에 은지에게 봄에 관련된 언급을 한 번 더 해 주면 어떨까요? 마지막 배경이 겨울이니 은지는 봄이 될 준비를 하며 꽃을 피울 준비를 하고 있는 꽃봉오리 같았다, 이런 느낌도 좋았겠다는 생각을 해 봅니다.